H. G. WELLS

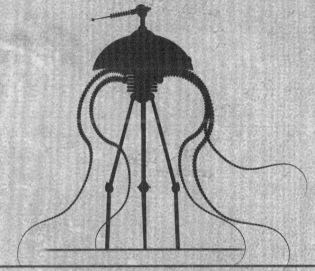

A GUERRA DOS MUNDOS

© 2020 by Book One
Todos os direitos de tradução reservados e protegidos pela Lei 9.610 de 19/02/1998. Nenhuma parte desta publicação, sem autorização prévia por escrito da editora, poderá ser reproduzida ou transmitida sejam quais forem os meios empregados: eletrônicos, mecânicos, fotográficos, gravação ou quaisquer outros.

Tradução: **Raquel Nakasone e André Caniato**
Preparação: **Tássia Carvalho**
Revisão: **Sylvia Skallák e Guilherme Summa**
Capa: **Dino Gomes • dinodesigner.com**
Arte, projeto gráfico e diagramação: **Francine C. Silva**

Dados Internacionais de Catalogação na Publicação (CIP)
Angélica Ilacqua CRB-8/7057

W48g	Wells, H. G. (Herbert George), 1866-1946
	A guerra dos mundos / H. G. Wells; tradução de Raquel Nakasone e André Caniato – São Paulo: Excelsior, 2020.
	224 p.
	ISBN: 978-65-80448-47-0
	Título original: *The War of the Worlds*
	1. Ficção norte-americana 2. Ficção científica 3. Distopia I. Título II. Nakasone, Raquel III. Caniato, André
20-1296	CDD 813.6

SIGA NAS REDES SOCIAIS:
@editoraexcelsior
@editoraexcelsior
@edexcelsior
@editoraexcelsior

editoraexcelsior.com.br

— H. G. WELLS —

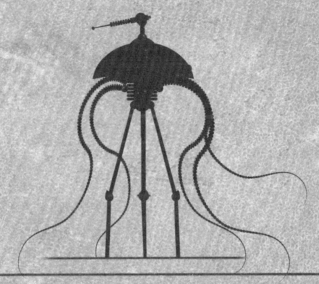

A GUERRA
DOS
MUNDOS

São Paulo
2021

EXCELSIOR
BOOK ONE

SUMÁRIO

LIVRO UM
    A CHEGADA DOS MARCIANOS 11

    I.   A véspera da guerra 13
    II.   A estrela cadente 21
    III.   Em Horsell Common 25
    IV.   O cilindro se abre 29
    V.   O raio de calor 33
    VI.   O raio de calor na Chobham Road 39
    VII.   Como cheguei em casa 43
    VIII.   Sexta à noite 49
    IX.   A batalha começa 53
    X.   Na tempestade 61
    XI.   Pela janela 69
    XII.   O que vi da destruição de Weybridge e Shepperton 77
    XIII.   Como encontrei com o pároco 89
    XIV.   Em Londres 95
    XV.   O que aconteceu em Surrey 107
    XVI.   O êxodo de Londres 117
    XVII.   O *Thunder Child* 131

LIVRO DOIS
   A TERRA SOB DOMÍNIO DOS MARCIANOS 143

I.	Soterrados	145
II.	O que vimos da casa destruída	153
III.	Dias de aprisionamento	163
IV.	A morte do pároco	169
V.	O silêncio	175
VI.	O trabalho de quinze dias	179
VII.	O homem em Putney Hill	183
VIII.	Londres morta	199
IX.	Destruição	209
X.	Epílogo	217

"Mas quem habitará esses mundos se eles forem inabitados?
Somos nós ou eles os senhores do mundo?
E como todas as coisas são feitas para o homem?"

Kepler (citado em *A anatomia da melancolia*)

LIVRO UM

A CHEGADA DOS MARCIANOS

I
A VÉSPERA DA GUERRA

Nos últimos anos do século XIX, ninguém acreditaria que este mundo estava sendo atenta e avidamente observado por inteligências superiores, tão mortais quanto os próprios seres humanos; que, enquanto as pessoas se ocupavam com diversos afazeres, eram controladas e estudadas talvez de modo tão minucioso quanto alguém com um microscópio examina as criaturas efêmeras que se aglomeram e se multiplicam em uma gota d'água. Com infinita complacência, os humanos viviam para cá e para lá tratando de suas coisinhas, serenos e seguros de dominarem a matéria. É possível que os infusórios sob o microscópio estejam fazendo o mesmo. Ninguém pensava nos mundos mais antigos do espaço como fonte de perigo, ou então na ideia de haver vida ali. É curioso recordar alguns dos hábitos mentais de outrora. No máximo, os humanos imaginavam que, se houvesse vida em Marte, seria em forma inferior, disposta a receber uma iniciativa missionária. No entanto, no abismo do espaço, intelectos poderosos, frios e insensíveis – mentes que nos consideravam tanto quanto consideramos os animais que perecem – observavam a Terra com inveja, arquitetando lenta e seguramente planos contra nós. E o grande desengano ocorreu no início do século xx.

Não preciso lembrar ao leitor que o planeta Marte gira em torno do Sol a uma distância média de 225 milhões de quilômetros, sendo a luz e o calor recebidos do astro quase metade do que este mundo recebe. Se há alguma verdade na hipótese nebular, Marte é mais antiga que o nosso mundo; e a vida em sua superfície deve ter começado o próprio curso muito antes de a Terra parar de derreter. O fato de o planeta apresentar apenas um sétimo do volume da Terra talvez tenha acelerado seu resfriamento até a temperatura propícia à vida. Marte possui ar, água e todo o necessário para sustentar uma existência animada.

No entanto, a própria vaidade cega o ser humano a ponto de nenhum escritor, até o final do século xix, ter manifestado qualquer ideia de que já houvera vida inteligente ali, ou mesmo além do seu nível terreno. Tampouco se entendeu que, por Marte ser mais antiga do que a nossa Terra, com apenas um quarto de sua área superficial, e mais distante do Sol, o planeta não está apenas mais distante do início dos tempos, mas também mais próximo do fim.

O resfriamento secular que talvez um dia assole nosso mundo já dominou há muito o nosso vizinho. Suas condições físicas permanecem em grande parte um mistério, mas sabemos que, mesmo na região equatorial em pleno meio-dia, a temperatura mal se compara ao nosso inverno mais gelado. O ar é muito mais rarefeito do que o nosso, os oceanos se reduziram até cobrirem um terço da superfície e, à medida que as estações mudam lentamente, enormes calotas de gelo se acumulam e derretem em ambos os polos, inundando-lhe periodicamente as zonas temperadas. Esse último estágio de transformação, que para nós ainda parece incrivelmente remoto, tornou-se um problema para os habitantes de Marte. A pressão e a urgência da necessidade iluminaram seus intelectos, ampliaram seus poderes e endureceram seus corações. E analisando o espaço com instrumentos e inteligências com os quais mal sonhamos, eles vislumbram, a uma distância razoável, a apenas 56 milhões de quilômetros aproximadamente do Sol, uma estrela cintilante de esperança, nosso próprio planeta: mais quente, com vegetação verde e águas cinzentas, dono de uma atmosfera nublada, sinônimo de fertilidade, onde, pelas nuvens flutuantes, vê-se amplos trechos de um país populoso e mares estreitos e repletos de vida marinha.

É provável que nós, humanos, as criaturas que habitam esta Terra, sejamos para eles tão estranhos e inferiores quanto os macacos e lêmures para nós. Nosso lado racional já admite que a vida é uma luta incessante pela sobrevivência, e essa também parece ser a crença das mentes de Marte. O mundo deles está alcançando o limite com o resfriamento, e este mundo ainda está cheio de vida – mas apenas o que eles consideram vidas inferiores. Travar uma guerra rumo ao Sol constitui, de fato, a única salvação da destruição que se arrasta sobre eles, geração após geração.

E, antes de julgá-los com demasiada severidade, devemos lembrar a destruição implacável e total que nossa própria espécie provocou não apenas em animais, como os extintos bisontes e dodôs, mas nas raças inferiores. Apesar da semelhança conosco, os aborígenes foram, em apenas cinquenta anos, completamente varridos da existência, em uma guerra de extermínio travada por imigrantes europeus. Somos mesmo apóstolos da misericórdia para reclamar caso os marcianos guerreassem com o mesmo espírito?

Os marcianos parecem ter calculado seu assalto com uma sutileza incrível – detêm conhecimentos matemáticos sem dúvida muito superiores aos nossos –, além de terem se preparado de modo quase perfeito. Se nossos instrumentos permitissem, poderíamos ter antecipado o problema já no século XIX. Homens como Schiaparelli observavam o planeta vermelho – a propósito, é curioso que, durante incontáveis séculos, Marte tenha sido o astro da guerra –, mas falharam em interpretar as marcações flutuantes que mapeavam tão bem.

Durante todo esse tempo, os marcianos provavelmente estavam se preparando.

Durante a oposição de 1894, houve um forte brilho na parte iluminada do astro, primeiro no Observatório Lick, então por Perrotin de Nice, e em seguida por outros observadores. Os ingleses ouviram sobre isso pela primeira vez na edição de 2 de agosto da revista *Nature*. Inclino-me a pensar que esse clarão tenha sido o lançamento de sua potente arma, disparada contra nós de uma enorme cratera cravada naquele planeta. Marcas peculiares, que se mantêm um enigma, foram observadas perto do local da explosão durante as duas oposições seguintes.

Essa movimentação ocorreu há seis anos. Quando Marte entrou em oposição, Lavelle de Java emitiu a incrível notícia de uma enorme eclosão de gás incandescente no planeta, colocando as linhas da troca astronômica em polvorosa. Era quase meia-noite do dia doze, e o espectroscópio, ao qual ele recorreu de imediato, revelou uma massa de gás flamejante, principalmente hidrogênio, movendo-se em velocidade enorme na direção da Terra. O jato de fogo tornou-se invisível por volta de meia-noite e quinze. Ele o comparou a uma erupção colossal de chamas que explodiu violentamente "como um disparo ardente de um canhão".

Uma frase particularmente apropriada, como ficou provado. Entretanto, no dia seguinte, os jornais não noticiavam nada, exceto uma pequena nota no *Daily Telegraph*, de modo que o mundo seguiu na ignorância de um dos perigos mais graves que já ameaçaram a raça humana. Eu não ficaria a par da explosão se não encontrasse Ogilvy, o famoso astrônomo, em Ottershaw. Ele mostrava intensa empolgação com as notícias e, no ardor dos sentimentos, convidou-me para examinar o planeta vermelho naquela noite.

Apesar de tudo o que ocorreu desde então, aquela vigília permanece muito clara em minha mente: o observatório escuro e silencioso, o lampião lançando um brilho fraco no chão, o tique-taque constante do relógio do telescópio, a pequena fenda no telhado – e a poeira estelar atravessando aquela profundidade oblonga. Ogilvy se mantinha inquieto, invisível, mas audível. Do telescópio, via-se um círculo azul-escuro e o pequenino e redondo planeta pairando no campo. Uma coisinha brilhante, minúscula e imóvel, suavemente marcada por listras transversais e ligeiramente achatada. E, mesmo tão pequena, era prateada e quente – como a cabeça de um alfinete cintilante! Parecia tremelicar, porém não passava da vibração do telescópio com o mecanismo que mantinha o planeta à vista.

Durante minha observação, ele aumentava e diminuía e avançava e retrocedia, mas isso ocorria por causa de meus olhos cansados. Estava a 64 milhões de quilômetros de nós – mais de 64 milhões de quilômetros de vazio. Poucos compreendem a imensidão do vácuo no qual a poeira do universo material flutua.

Recordo-me de que, próximo dele no campo, havia três pontos de luz diminuta, três estrelas telescópicas infinitamente longínquas, ao redor das quais se via apenas o insondável negrume do espaço vazio. Você conhece a escuridão de uma noite gelada à luz das estrelas. No telescópio, torna-se muito mais profunda. E, invisível para mim, tão pequena e remota, voando rápida e firmemente em minha direção através daquela distância espantosa, aproximando-se a cada minuto por tantos milhares de quilômetros, vinha a Coisa que eles nos enviaram, a Coisa que traria tanta luta e calamidade e morte para a Terra. Enquanto observava, jamais imaginaria algo assim – ninguém jamais poderia imaginar algo como esse míssil infalível.

Na mesma noite, houve outra explosão de gás no planeta distante. Eu vi. No instante em que o relógio bateu meia-noite, vi um clarão avermelhado na borda, uma suave projeção do contorno. Contei a Ogilvy, e ele assumiu meu lugar. Fazia calor e eu estava com sede, e alonguei as pernas desajeitadamente, caminhando às cegas no escuro em direção à mesinha onde ficava o sifão, enquanto Ogilvy exclamava para a lufada de gás em nossa direção.

Naquela noite, menos de vinte e quatro horas depois do primeiro, outro míssil invisível partiu de Marte rumo à Terra. Lembro-me de permanecer sentado na escuridão, vendo manchas verdes e vermelhas nadando diante de meus olhos. Desejei ter fogo para fumar, alheio ao significado do brilho diminuto que eu vira e tudo o que ele viria a me causar. Ogilvy ficou observando até uma da manhã e então desistiu. Acendemos o lampião e fomos até sua casa. Lá embaixo, no breu, Ottershaw e Chertsey e suas centenas de moradores dormiam em paz.

Ogilvy estava especulativo sobre as condições de Marte, e zombou da simples ideia de haver habitantes ali se comunicando conosco. Segundo ele, o planeta talvez estivesse recebendo uma forte chuva de meteoritos ou houvesse uma enorme explosão vulcânica em andamento. Ressaltou ainda que era improvável a evolução orgânica ter tomado o mesmo curso nos dois planetas vizinhos.

– As chances de existir qualquer coisa parecida com humanos em Marte são de uma em um milhão – afirmou.

Centenas de observadores viram a centelha naquela noite, e na seguinte por volta da meia-noite, e de novo na noite seguinte; foi assim por dez noites, uma centelha a cada noite. Ninguém tentou explicar por que os disparos cessaram após a décima noite. Talvez os gases das explosões tivessem causado transtornos aos marcianos. Nuvens densas de fumaça ou poeira, visíveis de um poderoso telescópio na Terra como pequenas manchas cinzentas e flutuantes, espalharam-se pela atmosfera do planeta, obscurecendo-lhe as características mais familiares.

Os jornais chegaram a noticiar as alterações, e artigos populares sobre os vulcões de Marte surgiram aqui, ali e por toda parte. Lembro-me de que o satírico periódico *Punch* foi feliz em uma charge política. Os mísseis que os marcianos lançaram contra nós avançavam, sem levantar suspeitas, em direção à Terra a um ritmo de muitos quilômetros por segundo pelo abismo do espaço vazio, hora a hora, dia a dia, cada vez mais perto. Parece-me agora quase inacreditavelmente maravilhoso que, ante esse destino veloz pairando sobre nós, os humanos se ocupassem com preocupações insignificantes como sempre. Lembro-me da empolgação de Markham em conseguir uma nova fotografia do planeta para o artigo ilustrado que estava editando naqueles dias. As pessoas desses tempos mal compreendem a abundância e o empreendimento dos jornais do século xix. De minha parte, confesso que estava muito ocupado aprendendo a andar de bicicleta e escrevendo uma série de artigos sobre os prováveis desdobramentos de ideias morais da civilização em progresso.

Certa noite (o primeiro míssil então dificilmente estaria a mais de 16 milhões de quilômetros de distância), fui passear com minha esposa. Sob o céu estrelado, expliquei-lhe sobre os signos do zodíaco e apontei Marte, um ponto brilhante de luz rastejando no zênite, para o qual tantos telescópios apontavam. Fazia calor. A caminho de casa, um grupo de excursionistas de Chertsey ou Isleworth passou por nós cantando e tocando música. Luzes nas janelas superiores das casas indicavam que as pessoas iam para a cama. Da estação ferroviária à distância, ouvia-se o som de trens manobrando, zumbindo e estrondando, quase suavizados em uma melodia ao longe. Minha esposa me mostrou o brilho das luzes vermelhas, verdes e amarelas dos sinais luminosos pairando como um quadro contra o céu. Tudo parecia tão seguro e tranquilo.

II
A ESTRELA CADENTE

Então, chegou a noite da primeira estrela cadente. Ela foi vista no início da manhã, precipitando-se sobre Winchester a leste, uma linha flamejante no alto da atmosfera. Ao vê-la, centenas de pessoas devem ter pensado se tratar de uma estrela cadente comum. Albin declarou que ela deixava em seu rastro uma faixa esverdeada brilhando por alguns segundos. Denning, nossa maior autoridade em meteoritos, afirmou que essa primeira aparição ocorreu a aproximadamente cento e quarenta ou cento e sessenta quilômetros de altura. Pareceu-lhe que atingiu a Terra a cerca de cento e sessenta quilômetros a leste dele.

Em casa, eu escrevia em meu escritório; apesar de minhas janelas francesas darem para Ottershaw e a cortina estar aberta (pois naquela época eu adorava observar o céu noturno), não vi nada disso. A coisa mais estranha que já atingiu a Terra vinda do espaço sideral provavelmente caiu enquanto eu estava sentado lá; se tivesse olhado para cima no momento certo, teria visto. Alguns disseram ouvir um som de assobio quando ela passou. Eu mesmo não ouvi. Muitas pessoas em Berkshire, Surrey e Middlesex provavelmente viram e, no máximo, pensaram que era outro meteorito. Ninguém parece ter se preocupado em procurá-lo naquela noite.

O pobre Ogilvy, porém, observara a estrela cadente naquela manhã e, convencido de que um meteorito jazia em algum lugar no baldio entre Horsell, Ottershaw e Woking, levantou-se cedo motivado a encontrá-lo, o que ocorreu, logo após o amanhecer, não muito longe dos areais. Formou-se um enorme buraco com o impacto do projétil, e a areia e o cascalho foram lançados violentamente em todas as direções sobre o matagal, produzindo montes visíveis a dois quilômetros de distância. Ao leste, a urze pegou fogo, e uma fina fumaça azul subia contra a alvorada.

A Coisa em si estava quase totalmente enterrada na areia, em meio às lascas dispersas de um abeto que se esfacelou com a queda. A parte descoberta lembrava um enorme cilindro envolto em lama seca, cujo contorno era suavizado por uma incrustação espessa e escamosa de cor parda. Seu diâmetro media cerca de trinta metros. Ogilvy aproximou-se, surpreso com o tamanho, e mais ainda com a forma, já que a maioria dos meteoritos é quase completamente redonda. No entanto, a Coisa esquentara tanto por causa da viagem pelo ar que não lhe permitiu se aproximar. Houve um ruído de agitação dentro do cilindro, que Ogilvy atribuiu ao resfriamento desigual de sua superfície. Naquele momento, não lhe ocorreu que a Coisa poderia ser oca.

Ele permaneceu em pé na beira da cratera recém-formada, conferindo seu aspecto estranho, espantado principalmente com a forma e cor incomuns, e já notando vagamente algumas evidências de inteligência ali. Aquele início de manhã estava maravilhosamente calmo, e o sol, já quente, iluminava os pinheiros de Weybridge. Ogilvy não se lembra de ter ouvido pássaros naquela manhã, certamente não havia brisa, e os únicos sons eram os de suaves movimentos no interior do cilindro coberto de cinzas. Havia apenas ele ali.

Percebeu com um sobressalto que parte da escória, a incrustação cinzenta que recobria o meteorito, se soltava de uma das extremidades circulares, derramando-se em flocos pela areia. De súbito, um grande pedaço desprendeu-se e caiu emitindo um ruído agudo que quase fez o coração de Ogilvy parar.

Por um breve momento, ele não compreendeu o significado disso. Embora o calor fosse excessivo, desceu a cratera para ver a Coisa mais de perto. A princípio, imaginou que o resfriamento talvez explicasse o que ocorria, mas logo descartou a ideia porque as cinzas caíam apenas da extremidade do cilindro.

Percebeu que a parte superior e circular do cilindro girava no próprio eixo muito lentamente; um movimento tão sutil que ele só o notou quando uma marca preta próxima dele cinco minutos antes naquele momento se encontrava do outro lado da circunferência. Continuou sem entender o significado disso, até que ouviu um som abafado de ralador e viu a marca negra se projetar bruscamente dois centímetros ou mais para frente. Então, de súbito, Ogilvy descobriu. O cilindro era artificial – oco –, e a extremidade se soltava como um parafuso! Algo dentro do cilindro desaparafusava o topo!

– Valha-me Deus! – Ogilvy exclamou. – Tem homens lá dentro! Homens lá dentro! Quase torrados até a morte! Tentando sair!

De imediato, em um rápido salto mental, ele ligou a Coisa com o clarão que vira em Marte.

Pensar na criatura confinada ali era tão terrível que Ogilvy esqueceu o calor e se aproximou do cilindro para ajudar. Por sorte, a radiação entorpecedora o impediu antes que queimasse as mãos no metal ainda cintilante. Depois disso, hesitou por um instante, então se virou, saiu da cratera e partiu correndo loucamente rumo a Woking. Isso ocorreu por volta das seis horas. Encontrou um carroceiro e tentou fazê-lo entender o que acontecia, mas a história, assim como sua aparência, eram tão malucas – o chapéu caíra na cratera – que o homem apenas seguiu em frente. Também não teve sucesso com o taberneiro, que começava a abrir as portas da bodega perto da Horsell Bridge. O sujeito pensou que Ogilvy era um completo lunático, e tentou, sem êxito, trancá-lo na taberna. Isso o trouxe de volta à consciência; ao ver Henderson, o jornalista de Londres, no jardim, chamou-o por sobre a cerca e se fez entender.

– Henderson, o senhor viu a estrela cadente na noite passada?
– O que tem? – perguntou Henderson.
– Está no baldio de Horsell agora.
– Santo Deus! – Henderson exclamou. – Um meteorito! Que bom.
– Não é só um meteorito. É um cilindro. Um cilindro artificial, homem! E há algo lá dentro.

Henderson levantou-se com a pá na mão.

– Como é? – perguntou. O homem era surdo de um ouvido.

Ogilvy contou-lhe tudo o que vira. Henderson demorou cerca de um minuto para digerir a informação, então, largou a pá, pegou a jaqueta e saiu rumo à estrada. Correndo até o baldio, ambos encontraram o cilindro no mesmo lugar. Não havia mais ruídos, e um fino círculo de metal brilhante surgira entre a parte superior e o corpo do cilindro. O ar, entrando ou escapando pela borda, emitia um chiado fraco.

Os homens ficaram escutando. Bateram levemente com um graveto no metal escamoso e queimado, mas, como não obtiveram resposta, concluíram que o homem – ou homens – lá dentro deviam estar desmaiados ou mortos.

Não havia muito a ser feito, então, gritaram promessas e palavras de consolo, e voltaram à cidade para buscar ajuda. É possível imaginá-los cobertos de areia, agitados e perturbados, correndo pela ruazinha sob a luz do sol enquanto os comerciantes levantavam as portas e as pessoas abriam as janelas dos quartos. Henderson dirigiu-se imediatamente para a estação ferroviária, a fim de telegrafar as notícias para Londres. Os artigos de jornal haviam preparado a população para receber a ideia.

Às oito horas, já havia vários meninos e desempregados rumo ao baldio para ver "os homens mortos de Marte", a forma que a história tomou. Por volta de quinze para as nove, quando saí para pegar meu *Daily Chronicle*, o jornaleiro me informou a comoção. Muito surpreso, não perdi tempo para atravessar a Ottershaw Bridge até o areal.

III
EM HORSELL COMMON

Encontrei uma pequena multidão de cerca de vinte pessoas em volta do enorme buraco envolvendo o cilindro. Já descrevi a aparência daquele volume colossal, meio que enraizado no solo. A relva e o cascalho ao redor pareciam carbonizados por uma explosão repentina. Sem dúvida, o impacto causara um incêndio. Henderson e Ogilvy não estavam lá. Talvez entenderam que não havia nada a ser feito no momento, e decidiram tomar o café da manhã na casa de Henderson.

Quatro ou cinco meninos sentavam-se na beira da Cratera, balançando os pés e se divertindo, atirando pedras naquela massa gigante. Quando os repreendi, eles começaram a atirar pedras no grupo de espectadores.

Entre eles havia alguns ciclistas, um jardineiro que eu contratava de vez em quando, uma garota com um bebê de colo, Gregg, o açougueiro, acompanhado de seu filhinho, dois ou três desocupados e carregadores que costumavam perambular pela estação ferroviária. Quase ninguém falava. Poucas pessoas na Inglaterra possuíam conhecimento além dos gerais em astronomia nessa época. A maioria apenas observava em silêncio a extremidade semelhante a uma grande mesa do cilindro, que continuava exatamente como Ogilvy e Henderson o haviam deixado. Imagino que a expectativa de ver um monte de cadáveres carbonizados tenha sido frustrada ante esse volume inanimado. Alguns foram embora enquanto eu estava lá, e outras pessoas vieram. Desci a cratera e pensei ouvir um movimento fraco sob os pés. O topo tinha parado de girar.

Apenas ao me aproximar notei a estranheza do objeto. À primeira vista, não era muito mais emocionante que uma carruagem capotada ou uma árvore tombada na estrada. De fato, nada semelhante a isso. Parecia um veículo enferrujado. Seria necessário certo grau de educação científica para perceber que a oxidação comum não causara a escala de cinza dessa Coisa, que o metal branco-amarelado cintilando através da fenda entre a tampa e o cilindro possuía uma tonalidade estranha. A palavra "extraterrestre" não possuía qualquer significado para a maioria dos espectadores.

A essa altura, não restava dúvida de que a Coisa viera do planeta Marte, mas julguei improvável que contivesse qualquer criatura viva. Deduzi que o desaparafusamento era automático. Apesar do que Ogilvy dissera, eu ainda acreditava na vida em Marte. Minha mente vagou sobre as possibilidades de o cilindro comportar um manuscrito, e sobre as dificuldades de tradução que surgiriam, ou se encontraríamos moedas ou desenhos ali, e por aí vai. No entanto, era tudo pouco provável. A impaciência para vê-lo aberto me tomava. Por volta das onze, como nada mudara, retornei para casa em Maybury com a cabeça repleta de perguntas, mas foi difícil continuar trabalhando em minhas investigações abstratas.

À tarde, o movimento no baldio se transformara muito. As primeiras edições dos jornais noturnos assustaram Londres com enormes manchetes:

"MENSAGEM RECEBIDA DE MARTE"
"A EXTRAORDINÁRIA HISTÓRIA DE WOKING"

e assim por diante. Além disso, o telegrama de Ogilvy para o Centro de Intercâmbio Astronômico despertara todos os observatórios dos três condados.

Havia meia dúzia de cabriolés ou mais vindos da estação de Woking parados na estrada próxima ao areal, um veículo de Chobham e uma carruagem bastante nobre. E também várias bicicletas. Além disso, creio que, apesar do calor, um grande número de pessoas veio a pé de Woking e Chertsey, pois a multidão era bastante considerável, incluindo uma ou outra dama de trajes vistosos.

Fazia muito calor, não havia sequer uma nuvem no céu nem um sopro de vento, e a única sombra vinha dos poucos pinheiros espalhados. A urze fora consumida pelo fogo, e o solo em direção a Ottershaw, enegrecido até onde a vista alcançava, ainda emitia ondas verticais e serpenteantes de fumaça. Um comerciante de doces da Chobham Road enviou o filho e um carrinho de mão cheio de maçãs-verdes e cerveja de gengibre.

Na beira da cratera, havia um grupo de cerca de meia dúzia de homens – Henderson, Ogilvy e um homem alto e loiro que depois descobri ser Stent, o astrônomo real, com vários trabalhadores empunhando pás e picaretas. Stent, em pé no cilindro evidentemente muito mais frio, dava instruções em voz clara e alta; seu rosto estava vermelho e suado, e algo parecia tê-lo irritado.

Embora grande parte do cilindro estivesse descoberta, sua extremidade inferior continuava soterrada. Assim que Ogilvy me viu entre a multidão que observava da borda da cratera, chamou-me para baixo, e perguntou-me se eu me importaria de ir ao encontro de lorde Hilton, o proprietário das terras.

A multidão crescente, principalmente os meninos, se tornava um sério transtorno para as escavações. Almejava-se erguer uma cerca e precisava-se de ajuda para manter as pessoas afastadas. Ogilvy contou que, de vez em quando, uma suave agitação dentro da cápsula ainda se fazia audível, mas os trabalhadores não tinham conseguido desprender a parte superior, pois não havia onde segurar. A cápsula parecia imensamente espessa, e talvez os ruídos fracos que ouvíamos fossem decorrência de um tumulto barulhento em seu interior.

Fiquei muito satisfeito em fazer o que ele pediu e, assim, tornar-me um dos privilegiados espectadores dentro da área isolada. Não consegui encontrar lorde Hilton em casa, mas fui informado de que ele vinha de Londres no trem das seis horas, de Waterloo. Eram cinco e quinze, então, voltei para casa, tomei um chá e caminhei até a estação para esperá-lo.

IV

O CILINDRO SE ABRE

Quando voltei ao baldio, o sol já se punha. Grupos dispersos chegavam de Woking, e uma ou outra pessoa iam embora. A multidão ao redor da cratera aumentara e destacava-se escura contra o amarelo-limão do céu – cerca de duzentas pessoas, talvez. Ouviam-se vozes exaltadas, e parecia ocorrer alguma briga ali embaixo. Cenas estranhas passaram por minha mente. Ao me aproximar, ouvi a voz de Stent:

– Afastem-se! Afastem-se!

Um garoto veio correndo em minha direção.

– Tá se mexendo – ele disse ao passar por mim. – Parafusando e desaparafusando. Não gosto disso. Vou é pra casa.

Avancei sobre a multidão. Na verdade, devia haver cerca de duzentas ou trezentas pessoas acotovelando-se e empurrando-se; as poucas damas ali não eram de modo algum as menos ativas.

– Ele caiu na cratera! – alguém gritou.

– Afastem-se! – vários berravam.

Quando a multidão oscilou um pouco, abri caminho. A agitação dominava todos. Então, ouvi um estranho zumbido vindo da cratera.

– Ouçam! – Ogilvy disse. – Ajudem a manter esses idiotas longe. Não sabemos o que há dentro dessa coisa maldita!

Notei um jovem, um atendente de loja em Woking, acredito, de pé em cima do cilindro, tentando sair do buraco. A multidão o empurrava de volta.

A extremidade do cilindro finalmente se soltava, e uma espécie de parafuso brilhante com cerca de sessenta centímetros se projetou para fora. Alguém tropeçou em mim, quase me lançando diretamente para a ponta do parafuso. Virei-me e creio que, nesse momento, o parafuso foi liberado, pois a tampa do cilindro caiu sobre o cascalho, causando uma pancada estridente. Bati com o cotovelo na pessoa atrás de mim e voltei a cabeça para a Coisa. Por um momento, aquela cavidade circular pareceu-me perfeitamente negra. O sol poente estava à minha frente.

Acho que todos esperavam um homem emergindo dali – talvez um pouco diferente de nós, terrestres, mas, em essência, um homem. Ao menos era o que eu esperava. Então, vi algo se mexendo dentro da sombra: duas formas onduladas e acinzentadas, uma acima da outra, e, em seguida, dois discos luminosos – como olhos. Algo semelhante a uma pequena cobra cinza, da espessura de uma bengala, projetou-se do meio do corpo que se contorcia, e serpenteou no ar em minha direção. Logo depois, outra.

Um calafrio repentino percorreu-me o corpo. Uma mulher atrás de mim gritou. Virei-me ligeiramente, mantendo os olhos fixos no cilindro, de onde outros tentáculos se projetavam, e comecei a abrir caminho para longe da borda da cratera. Presenciei o espanto dar lugar ao horror no rosto das pessoas ao redor. Ouvi exclamações desarticuladas por todos os lados e, então, um movimento de recuo geral. Vi o lojista ainda lutando na beira da cratera. Eu estava sozinho, e vi as pessoas do outro lado, Stent entre elas, correndo. Olhei de novo para o cilindro, e um terror incontrolável apossou-se de mim. Fiquei paralisado, observando.

Uma grande massa arredondada e acinzentada, do tamanho de um urso, talvez, emergia lenta e penosamente do cilindro. Ao se elevar e captar a luz, reluziu como couro molhado.

Dois grandes olhos escuros fitavam-me firmemente envolvidos por uma massa, a cabeça da coisa era redonda e exibia algo semelhante a um rosto. Sob os olhos, havia uma boca tremendo, ofegando e salivando. A criatura toda arfava e pulsava convulsivamente. Então, um apêndice liso em forma de tentáculo lançou-se para a borda do cilindro, e o outro balançou no ar.

Aqueles que nunca viram um marciano jamais imaginariam a estranheza e o horror de sua aparência. A boca anormal em forma de V e o lábio superior pontiagudo, a ausência de sobrancelhas, bem como de um queixo sob o lábio inferior, o tremor incessante da boca, os tentáculos de Medusa, a respiração laboriosa dos pulmões em uma atmosfera diferente, o peso evidente e a dolorosa movimentação na gravidade da Terra – acima de tudo, a extraordinária intensidade daqueles olhos imensos – eram ao mesmo tempo vitais, violentos, desumanos, deficientes e monstruosos. Havia algo doentio naquela pele oleosa e marrom, algo na deliberação desajeitada de seus movimentos tediosos e indescritivelmente desagradáveis. Mesmo nesse primeiro encontro, nesse primeiro vislumbre, a repulsa e o pavor me tomaram.

E, de repente, o monstro desapareceu. Tombou por cima da borda do cilindro e caiu na cratera com um baque, como uma grande massa de couro. Emitiu um guincho bizarro e alto e, no mesmo instante, outra dessas criaturas apareceu tenebrosamente na profunda sombra da abertura.

Virei-me e saí correndo, desesperado, rumo ao primeiro grupo de árvores a mais ou menos noventa metros; a impossibilidade de desviar o olhar daquelas coisas me fazia correr desajeitadamente, tropeçando.

Parei entre uns pinheiros baixos e arbustos, ofegante, e aguardei novos desdobramentos. Havia inúmeras pessoas no baldio ao redor do areal, paralisadas como eu em um misto de terror e fascínio, observando aquelas criaturas, ou melhor, observando o cascalho amontoado na beira da cratera em que se encontravam. E então, com horror renovado, vislumbrei um objeto redondo e preto balançando para cima e para baixo na borda da cratera; era a cabeça do lojista, figurando como um pequeno objeto preto contra o sol quente do oeste. Ele conseguira erguer o ombro e o joelho, mas logo escorregou de novo, e tudo o que se via era sua cabeça. Subitamente, o homem desapareceu, e pensei ter ouvido um grito fraco. Fui tomado por um impulso momentâneo de voltar e ajudá-lo, porém, o medo me dominou.

Então, tudo se tornou invisível, oculto pelo fosso profundo e pelo monte de areia formado pela queda do cilindro. Quem viesse pela estrada de Chobham ou Woking se impressionaria com a visão: uma turba minguante de cem pessoas ou mais, paradas em um grande círculo irregular, de pé sobre buracos, atrás de arbustos, portões e sebes, falando pouco e soltando gritinhos curtos e agitados, e olhando, encarando fixamente montes de areia. O carrinho de mão de cerveja de gengibre permanecia estranhamente abandonado, preto contra o céu em chamas, e no areal havia uma fileira de veículos vazios, com os cavalos se alimentando de cevadeiras ou batendo os cascos no chão.

V

O RAIO DE CALOR

Após testemunhar marcianos emergindo do cilindro no qual viajaram rumo à Terra, uma espécie de fascínio me paralisou. Permaneci no lugar com a urze nos joelhos, olhando para o monte que os escondia. Medo e curiosidade batalhavam dentro de mim.

Não ousei retornar à cratera, mas fui tomado por um desejo irresistível de espiar. Comecei, então, a caminhar em círculos, procurando algum ponto de vantagem para continuar observando os montes de areia que guardavam os recém-chegados. Notei um feixe de chicotes finos e negros, como os braços de um polvo, brilhando contra o pôr do sol, e sumindo logo em seguida; depois, uma haste estreita se ergueu, junta por junta, carregando na ponta um disco circular que girava em um movimento oscilante. O que acontecia ali?

Dois grupos de espectadores se formaram: uma leve multidão do lado de Woking, outro do lado de Chobham. Evidentemente, também compartilhavam meu conflito mental. Havia poucas pessoas próximas a mim. Aproximei-me de um homem – percebi ser meu vizinho, embora não soubesse seu nome. No entanto, dificilmente seríamos capazes de entabular uma conversa articulada.

– Que *brutos* feiosos! – ele disse. – Santo Deus! Que brutos feiosos! – ficou repetindo.

— Você viu aquele homem na cratera? – perguntei, sem resposta. Ficamos em silêncio por um tempo, lado a lado, obtendo, imagino, certo conforto na companhia um do outro. Então, caminhei rumo a um pequeno monte que me oferecia pouco menos de um metro de elevação e, quando procurei meu vizinho, ele seguia em direção a Woking.

Antes que algo mais acontecesse, o pôr do sol deu lugar ao crepúsculo. A multidão à esquerda, do lado de Woking, parecia aumentar, e se ouvia um suave murmúrio. O pequeno grupo do lado de Chobham dispersou. Mal havia movimento na cratera.

Creio que isso, mais do que qualquer coisa, deu coragem às pessoas, e suponho que os recém-chegados de Woking também ajudaram a restaurar a confiança. De qualquer forma, à medida que anoitecia, um movimento lento e intermitente parecia ganhar força nos areais, enquanto a quietude ao redor do cilindro se mantinha intacta. Figuras negras e verticais avançavam em grupos de dois e de três, paravam, observavam e então avançavam de novo, espalhando-se a seu modo esguio, irregular e crescente, prometendo envolver a cratera toda em suas extremidades delgadas. Também comecei a me mover em direção à cratera.

Nesse momento, vi que alguns cocheiros e outros homens haviam corajosamente descido a cratera, e ouvi o barulho de cascos e rodas. Um rapaz empurrava o carrinho de mão com as maçãs. E então, a menos de trinta metros da cratera, avançando na direção de Horsell, notei um pequeno grupo de homens cujo líder agitava uma bandeira branca.

Era a Delegação. Fora feita uma reunião às pressas e, já que os marcianos eram claramente criaturas inteligentes, apesar das formas repulsivas, decidiu-se que deviam mostrar-lhes, aproximando-se com sinais, que nós também éramos dotados de inteligência.

A bandeira flamulou e flamulou, primeiro para a direita, depois para a esquerda. A distância não me permitia reconhecer alguém, mas depois soube que Ogilvy, Stent e Henderson participaram dessa tentativa de estabelecer comunicação. O pequeno grupo arrastara consigo, por assim dizer, a circunferência do círculo quase completo de pessoas, e várias figuras sombrias o seguiam a distâncias discretas.

De repente, um clarão de luz. Fumaça esverdeada e luminosa elevou-se da cratera em três baforadas distintas, que subiram, uma após a outra, rumo ao ar parado.

Essa fumaça ("chama" talvez fosse a palavra mais adequada) emitia tal brilho que o azul profundo do céu e as faixas nebulosas e marrons do baldio em direção a Chertsey, cravejadas de pinheiros pretos, pareceram escurecer abruptamente no momento em que as lufadas emergiram, e tudo permaneceu mais escuro após sua dispersão. Ao mesmo tempo, pôde-se ouvir um suave assobio.

Do outro lado da cratera, o pequeno grupo de pessoas com a bandeira branca erguida se mantinha paralisado por esse fenômeno, um pequeno nó de diminutas formas verticais negras no chão preto. A fumaça verde que se seguiu iluminou-lhes o rosto verde-pálido momentaneamente. Então, devagar, o assobio se transformou em um zumbido longo e alto. Da cratera surgiu uma forma curvada da qual o fantasma de um raio de luz pareceu cintilar.

No mesmo instante, surgiram relâmpagos de chamas reais, um brilho intenso saltando de um para outro, brotando do grupo disperso de homens, como se um jato invisível os atingisse e reluzisse em chamas brancas, como se cada homem fosse repentina e instantaneamente incinerado.

Então, à luz da própria destruição, eu os vi cambaleando e sucumbindo; seus acompanhantes se viraram para correr.

Continuei olhando, ainda sem compreender que testemunhara a morte pulando de homem para homem naquela pequena multidão. Só consegui pensar que era tudo muito estranho. Após um clarão quase silencioso e ofuscante, um homem caiu de cabeça e permaneceu imóvel; e, no momento em que o fluxo invisível de calor passou sobre os pinheiros, eles explodiram em labaredas, e todo arbusto seco transformou-se em uma massa de chamas com um baque surdo. Por fim, ao longe, na direção de Knaphill, vi lampejos de árvores, sebes e prédios de madeira se incendiarem.

A morte flamejante, essa invisível e inevitável espada de calor, varria as redondezas com rapidez e determinação. Notei as chamas aproximando-se de mim pelos arbustos que se acendiam conforme elas os devoravam, mas fiquei estarrecido e estupefato demais para me mexer. Ouvi o crepitar do fogo nos areais e o relinchar repentino de um cavalo subitamente silenciado. Parecia que um dedo invisível, mas intensamente aquecido, era atraído pela urze entre mim e os marcianos, e, seguindo uma linha curva além dos areais, o chão escuro fumegou e estalou. Um estampido evidenciou a queda de algo à esquerda ao longe, onde a estrada da estação de Woking se abre para o baldio. Em seguida, o assobio e o zumbido cessaram, e o objeto preto, em forma de domo, afundou lentamente na cratera.

A rapidez de tudo me manteve imóvel, pasmo e hipnotizado pelos clarões. Se a morte tivesse completado seu círculo, inevitavelmente me destruiria em minha perplexidade. Mas ela passou e me poupou, tornando a noite sobre mim sombria e desconfortável.

Naquele momento, o baldio ondulante parecia quase escuro, exceto onde suas estradas se estendiam cinzentas e pálidas sob o azul profundo da noite. Tudo era breu e, de repente, não havia mais homens. As estrelas cintilavam no alto, e no oeste o céu ainda era pálido, brilhante, quase azul-esverdeado. As copas dos pinheiros e os telhados de Horsell se desenhavam nítidos e negros contra o brilho do oeste. Era impossível ver os marcianos e seus dispositivos, exceto pelo mastro fino sobre o qual seu incansável espelho se balançava. Arbustos e árvores isoladas aqui e ali ainda fumegavam e brilhavam, e as casas próximas à estação de Woking lançavam espirais de chamas na quietude do ar noturno.

Nada mudara, exceto aquilo, e meu terrível assombro. O pequeno grupo com a bandeira branca, ao longe apenas manchinhas pretas, fora varrido da existência, e a quietude da noite, segundo me pareceu, mal havia sido quebrada.

Dei-me conta de que eu estava ali naquele baldio sombrio, desamparado, desprotegido e sozinho. De repente, algo se abateu sobre mim: o medo.

Com esforço, virei-me e comecei a correr, tropeçando pela urze.

O medo que me tomou era irracional, um pavor aterrorizado não apenas dos marcianos, mas da escuridão e da quietude ao meu redor. O efeito de desumanização foi tão extraordinário que chorei silenciosamente enquanto corria, como uma criança. Depois de me virar, não ousei olhar para trás.

Lembro-me de sentir convicção profunda de ser uma peça em um jogo; imaginei que, quando estivesse à beira da segurança, essa morte misteriosa – tão rápida quanto a passagem da luz – me abocanharia da cratera ao redor do cilindro, fulminando-me.

VI
O RAIO DE CALOR NA CHOBHAM ROAD

A capacidade dos marcianos de dizimar humanos tão rápida e silenciosamente continua a causar espanto. Muitos acreditam que, de alguma maneira, eles são capazes de gerar um calor intenso em uma câmara de não condutividade praticamente absoluta. Então, projetam o calor intenso em um feixe paralelo contra qualquer objeto que escolherem, utilizando um espelho parabólico polido de composição desconhecida, semelhante à forma como o espelho parabólico de um farol projeta um feixe de luz. Mas absolutamente ninguém provou a veracidade desses detalhes. Seja como for, não há dúvidas de que um raio de calor é a essência do dispositivo. Calor invisível, em vez de luz visível. Todo tipo de combustível incendeia ao seu toque, o chumbo escorre como água, o ferro amolece, o vidro racha e derrete e a água incontinentemente explode em vapor.

Naquela noite, sob a luz das estrelas ao redor da cratera quase quarenta pessoas jaziam, carbonizadas e deformadas, irreconhecíveis. O baldio permaneceu deserto e ardendo em chamas de Horsell até Maybury.

As notícias sobre o massacre provavelmente chegaram a Chobham, Woking e Ottershaw ao mesmo tempo. As lojas de Woking fecharam após a tragédia, e várias pessoas e vendedores, atraídos pelas histórias contadas, ficaram perambulando pela Horsell Bridge e pela estrada entre as sebes que levam ao baldio. Pode-se imaginar os jovens, após os trabalhos do dia, alvoroçados com a novidade, como ficariam com qualquer outra, utilizando-a como a desculpa da vez para caminharem juntos e desfrutarem flertes triviais. É possível imaginar o zumbido de vozes ao longo da estrada na escuridão...

No entanto, até esse momento, poucas pessoas em Woking sabiam que o cilindro se abrira, embora o pobre Henderson tivesse enviado um mensageiro de bicicleta aos correios com um telegrama especial para um jornal vespertino.

As pessoas chegavam em duplas e trios, encontrando pequenos ajuntamentos a céu aberto; todos conversavam animadamente, enquanto observavam o espelho girando sobre os areais, de modo que os recém-chegados logo eram tomados pela excitação geral.

Às oito e meia, quando a Delegação foi dizimada, havia uma multidão de trezentas pessoas ou mais no local, além das que tinham deixado a estrada para se aproximar dos marcianos. Três policiais também estavam lá, um deles montando um cavalo, fazendo o possível, sob as instruções de Stent, para impedir que as pessoas se aproximassem muito do cilindro. Houve protesto por parte dessas almas imprudentes e irascíveis, que sempre veem na multidão uma ocasião para fazer barulho e bagunça.

Antecipando possibilidades de ataque, assim que os marcianos emergiram, Stent e Ogilvy enviaram telegramas de Horsell para o quartel, solicitando a ajuda dos soldados para proteger da violência as estranhas criaturas. Depois disso, voltaram para liderar o infeliz avanço. A descrição de sua morte, de acordo com a multidão, converge bastante com minhas próprias impressões: três sopros de fumaça verde, um longo zumbido e explosões de chamas.

No entanto, aquela multidão não contava com tantas possibilidades de fuga quanto eu; salvaram-se apenas porque um monte de areia úmida acabou bloqueando o Raio de Calor. Se o espelho parabólico estivesse alguns metros acima, ninguém teria vivido para contar a história. Eles viram os lampejos, os homens caindo e uma mão invisível, por assim dizer, incendiando os arbustos, enquanto chamas avançavam depressa na direção deles sob o crepúsculo. Então, com um assobio elevando-se pelo abismo da cratera, o raio passou rente a suas cabeças, fazendo arder as copas das faias que ladeavam a estrada, partindo tijolos, quebrando janelas, queimando os batentes e transformando em ruínas a tagarelice na casa da esquina.

Em meio ao estrondo, assobio e clarão das árvores em chamas, a multidão parece ter hesitado por alguns momentos, em choque e pânico. Faíscas e galhos queimados começaram a cair na estrada, e as folhas eram como sopros de chamas. Chapéus e vestidos pegaram fogo. Até que se ouviu um lamento vindo do baldio. Houve um relincho e um grito, e de repente um policial montado se aproximou a galope no meio da confusão, com as mãos cruzadas sobre a cabeça, berrando.

– Estão vindo! – uma mulher exclamou e, na mesma hora, todos já se viravam e empurravam os que estavam atrás para abrir caminho de volta a Woking, fugindo tão cegamente quanto um rebanho de ovelhas. E, no ponto em que a estrada se torna estreita e escura entre as margens altas, a multidão se aglomerou em uma batalha desesperada. Nem todos escaparam; ao menos três pessoas, duas mulheres e um menino, foram esmagadas e pisoteadas, abandonadas para morrer em meio ao terror e à escuridão.

VII
COMO CHEGUEI EM CASA

Não me lembro de nada da minha fuga, exceto do estresse de esbarrar nas árvores e tropeçar na urze. Tudo ao meu redor representava as ameaças invisíveis dos marcianos; aquela espada impiedosa de calor parecia girar de um lado para o outro, floreando por cima da minha cabeça antes de descer e me esvair a vida. Saí na estrada em um ponto entre Horsell e o cruzamento, e corri em direção a este.

Não consegui avançar muito. Sentia-me exausto com a violência da minha agitação e da fuga; cambaleei e caí na beira da estrada, próximo à ponte que atravessa o canal pelas fábricas de gás. Caí no chão e lá fiquei.

Devo ter permanecido ali por certo tempo.

Sentei-me, sentindo-me estranhamente perplexo. Por um momento, não compreendi direito como chegara ali. Despira-me de meu terror como se fossem roupas. Estava sem chapéu, e meu colarinho havia se soltado do prendedor. Minutos antes, existiam apenas três realidades diante de mim: a imensidão da noite, do espaço e da natureza, minha própria fraqueza e angústia e a aproximação da morte. Algo, porém, mudara, assim como meu ponto de vista. Não houve qualquer transição sensível de um estado de espírito para o outro. E logo eu era o mesmo de todos os dias: um cidadão decente e comum. O baldio silencioso, o ímpeto de minha fuga, as chamas iniciais... tudo parecia apenas um sonho. Fiquei me perguntando se tudo de fato acontecera; não conseguia acreditar.

Levantei-me e caminhei meio vacilante e em choque pela subida íngreme da ponte. Meus músculos e nervos pareciam esvaídos de forças. Ouso dizer que cambaleei como se embriagado. Vi uma cabeça sobre o arco, e a figura de um trabalhador carregando uma cesta. Ao lado dele havia um menininho. O homem passou por mim e me desejou boa-noite. Pensei em falar com ele, mas não o fiz, apenas respondi o cumprimento com um resmungo inexpressivo e segui pela ponte.

Sobre o Maybury Arch um trem seguiu a toda para o sul, um alvoroço crescente de fumaça branca iluminada pelo fogo e um longo comboio de janelas acesas – barulho, barulho, palmas, berros –, e então passou. Um pequeno grupo conversava no portão de uma das casas que formavam uma linda fileira de sebes chamada Terraço Oriental. Era tudo tão real e tão familiar. E aquilo atrás de mim! Frenético, fantástico! Tais coisas, disse a mim mesmo, não poderiam existir.

Talvez eu seja um homem de sorte excepcional. Não sei até que ponto minha experiência é comum. Às vezes, sofro do mais estranho sentimento de dissociação de mim e do mundo ao meu redor; assisto tudo de fora, de algum lugar inconcebivelmente remoto, fora do tempo, fora do espaço, longe do estresse e da tragédia que testemunhei. Essa sensação, outra faceta do meu sonho, era muito forte naquela noite.

No entanto, o problema centrava-se na incongruência vazia dessa serenidade e na morte veloz logo ali, a menos de três quilômetros. Ouvia-se um estrépito de movimentação vindo da fábrica de gás, e as lâmpadas elétricas estavam acesas. Parei na frente do grupo.

– Quais são as notícias do baldio? – perguntei.

Havia dois homens e uma mulher no portão.

– Hã? – retrucou um dos homens, ao se virar.

– Quais são as notícias do baldio? – repeti.

– Mas você não tava *lá*? – eles perguntaram.

– As pessoas estão falando bobeiras – respondeu a mulher do outro lado do portão. – O que tá acontecendo?

– Não ouviu falar dos homens de Marte? – questionei. – As criaturas de Marte?

– Ouvi o bastante – ela respondeu.

– Obrigado. – E então, todos riram.

Uma sensação de estupidez e raiva me tomaram. Tentei, mas descobri não ser capaz de lhes contar o que presenciara. Eles caíram na risada de novo ante as minhas frases desconexas.

– Vocês ainda vão ouvir mais sobre isso – falei, e segui para casa.

Na porta, minha aparência abatida assustou minha esposa. Segui para a sala de jantar, sentei-me, bebi um pouco de vinho e, assim que consegui me recompor o suficiente, contei a ela o que tinha visto. O jantar já fora servido e permaneceu negligenciado, esfriando na mesa enquanto eu narrava os acontecimentos.

– Mas há um detalhe – falei, para acalmar os medos que eu despertara. – Aquelas são as coisas mais lentas que já vi. Elas podem ficar ali na cratera e matar quem se aproximar, mas não sairão de lá... Mas o horror que causam!

– Basta, querido! – minha esposa disse, franzindo as sobrancelhas e colocando a mão sobre a minha.

– Pobre Ogilvy! – soltei. – Só de imaginar que pode estar morto!

Minha esposa, pelo menos, acreditou em mim. No entanto, quando vi que a deixara mortificada, parei abruptamente.

– Eles podem vir aqui – ela repetia.

Insisti para que bebesse vinho, e tentei acalmá-la.

– Eles mal podem se mover – expliquei.

Para confortá-la, contei-lhe tudo o que Ogilvy me falara sobre a impossibilidade de os marcianos se estabelecerem na Terra, enfatizando, em particular, o problema gravitacional, já que, na superfície da Terra, a força da gravidade é três vezes maior do que na superfície de Marte. Desse modo, um marciano pesaria três vezes mais aqui do que em Marte, mantendo, no entanto, a mesma força muscular, o que tornaria seu corpo uma manta de chumbo. De fato, essa era a opinião geral. Tanto o *The Times* quanto o *Daily Telegraph*, por exemplo, insistiram nisso na manhã seguinte, e ambos, assim como eu, ignoraram duas influências modificadoras óbvias.

A atmosfera da Terra, agora sabemos, contém muito mais oxigênio ou muito menos argônio (dependendo da perspectiva) do que Marte. Assim, as influências revigorantes desse excesso de oxigênio sobre os marcianos indiscutivelmente contribuíram muito para contrabalançar o aumento do peso do corpo deles. Em segundo lugar, todos nós desconsideramos o fato de que a inteligência do mecanismo dos marcianos talvez dispensasse o esforço muscular.

Naquela época, porém, eu não considerava esses pontos, e, segundo meu raciocínio, as chances dos invasores eram baixas. Com vinho e comida, a paz da mesa posta e a necessidade de tranquilizar minha esposa, tornei-me insensivelmente mais corajoso e seguro.

– Eles fizeram algo muito tolo – disse, dedilhando em minha taça. – São perigosos porque, sem dúvida, estão loucos de ódio. Talvez não esperassem encontrar seres vivos aqui. Muito menos vida inteligente. Se o pior acontecer, uma bomba naquela cratera matará todos eles.

A intensidade dos eventos daquela noite, sem dúvida, trouxe minha percepção à flor da pele. Até hoje me lembro da mesa de jantar com extraordinária vivacidade. O rosto doce e ansioso da minha querida esposa me olhando por baixo da lamparina cor-de-rosa, o pano branco com seus móveis de prata e vidro – pois naquela época até os escritores filosóficos alimentavam pequenos luxos –, o vinho vermelho-púrpura na minha taça... tudo fotograficamente registrado. Estava à ponta da mesa, fumando um cigarro, lamentando a imprudência de Ogilvy e denunciando a pusilanimidade míope dos marcianos.

Assim como os respeitáveis pássaros nas ilhas Maurício discutiriam o assunto em seu ninho, falando sobre a chegada de um navio de marinheiros impiedosos em busca de alimento.

– Amanhã acabaremos com eles, querida.

Eu não sabia, mas esse foi o último jantar decente de que desfrutei por muitos inusitados e terríveis dias.

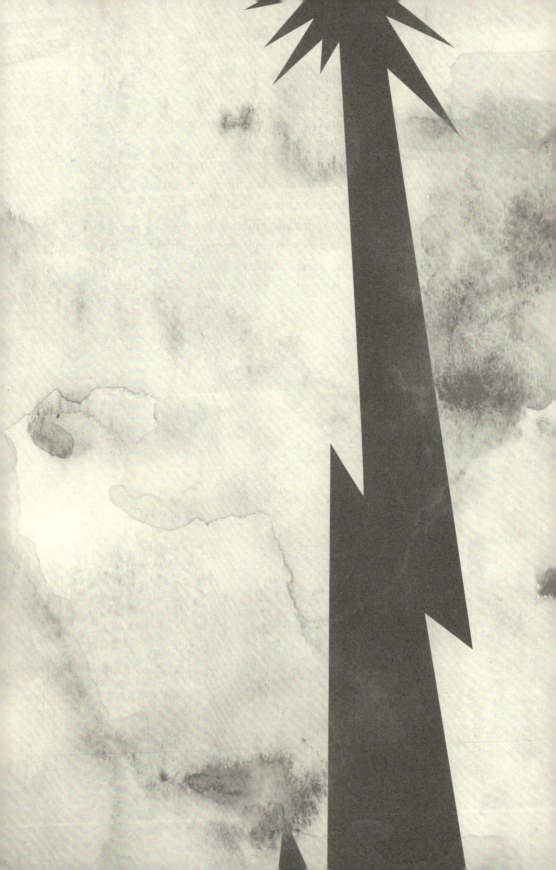

VIII

SEXTA À NOITE

Para mim, a mais extraordinária de todas as estranhezas e maravilhas que aconteceram naquela sexta-feira foi a combinação dos hábitos comuns de nossa ordem social com os primeiros indícios da série de eventos que virariam essa ordem de cabeça para baixo. Naquela noite, se alguém pegasse um compasso e desenhasse um círculo de um raio de oito quilômetros ao redor dos areais de Woking, dificilmente encontraria um ser humano fora dele, a menos que fosse algum parente de Stent ou dos três ou quatro ciclistas ou londrinos mortos no baldio, cujas emoções e hábitos foram bastante afetados pelos recém-chegados. Muitas pessoas tinham ouvido falar do cilindro, é claro, e papeavam sobre isso nos momentos de lazer, mas certamente não causou a agitação que um ultimato à Alemanha provocaria.

Naquela noite, em Londres, o telegrama do pobre Henderson relatando o desaparafusamento gradual da fonte dos disparos foi considerado falso, e seu jornal vespertino, depois de solicitar autenticação e não receber resposta – afinal, o homem estava morto –, decidiu não imprimir uma edição especial.

Mesmo no círculo de oito quilômetros, a grande maioria agia de modo indiferente ao ocorrido. Já descrevi o comportamento dos homens e mulheres com quem falei. Por todo o distrito, as pessoas faziam suas refeições, trabalhadores cuidavam do jardim após os afazeres do dia, crianças eram colocadas na cama, os jovens passeavam pelas ruas flertando, estudantes debruçavam-se sobre os livros.

Talvez houvesse um murmúrio circulando pelos vilarejos, um assunto novo e dominante nas tabernas, e aqui e ali um mensageiro, ou mesmo uma testemunha ocular das ocorrências recentes, provocando uma onda de excitação, gritinhos e correria; mas no geral a rotina continuava a mesma, exatamente como há incontáveis anos: trabalhar, comer, beber, dormir, como se não existisse um planeta chamado Marte no céu. Mesmo na estação de Woking, em Horsell e em Chobham era assim.

No entroncamento de Woking, os trens paravam e seguiam até tarde, outros faziam desvios, os passageiros desembarcavam e esperavam, e tudo continuava como de costume. Desafiando o monopólio da companhia Smith, um garoto da cidade vendia jornais com as notícias da tarde. O estrondo dos vagões e o silvo agudo dos motores misturavam-se aos berros de "Homens de Marte!". Alguns homens animados entraram na estação por volta das nove horas com notícias incríveis causando tanto tumulto quanto bêbados causariam. Passageiros a caminho de Londres espiaram a escuridão pelas janelas do trem e viram apenas uma faísca estranha, trêmula e fugidia vindo de Horsell – um brilho vermelho e um véu fino de fumaça atravessando as estrelas –, imaginando que se tratava apenas de um incêndio nas matas. Percebia-se a agitação somente próximo ao baldio. Meia dúzia de casas ardiam em chamas nos limites de Woking. As luzes acesas em todas as casas voltavam-se para o baldio nos três vilarejos, e seus moradores permaneceram acordados até o amanhecer.

Ali, havia uma multidão inquieta e curiosa; pessoas iam e vinham, mas a multidão se demorava na Chobham Bridge e na Horsell Bridge. Mais tarde, descobriram que uma ou outra alma aventureira avançaram pela escuridão, aproximando-se bastante dos marcianos, mas não retornaram, pois de vez em quando um raio de luz, como o holofote de um navio de guerra, varria o baldio, seguido pelo raio de calor. Exceto por isso, o grande terreno encontrava-se silencioso e desolado, e os corpos carbonizados permaneceram ali a noite toda sob as estrelas e durante o dia seguinte. Muitos ouviram uma espécie de martelada vindo da cratera.

A situação se manteve assim até sexta-feira à noite. No centro de tudo, furando a pele do nosso velho planeta Terra como um dardo envenenado, havia esse cilindro. O veneno, porém, mal começara a agir. Ao redor dele, silêncio, fumaça e alguns objetos escuros, indistintos e distorcidos. Aqui e ali, um arbusto ou árvore incendiava-se. Havia também uma onda de excitação e, além dela, uma explosão prestes a eclodir. Nos outros cantos do mundo, a vida seguia seu curso como fizera por anos imemoriais. A febre da guerra que atualmente entope nossas veias e artérias, amortece nervos e destrói o cérebro, ainda estava por vir.

Durante toda a noite, os marcianos martelaram e se movimentaram sem cessar, incansáveis, trabalhando em máquinas, e vez ou outra uma nuvem de fumaça branca e esverdeada serpenteava pelo céu estrelado.

Por volta das onze horas, uma companhia de soldados chegou de Horsell e se posicionou ao longo dos limites do baldio para formar um cordão. Mais tarde, uma segunda companhia marchou por Chobham para se instalar no lado norte do terreno. Vários oficiais do quartel Inkerman haviam visitado o baldio mais cedo, e um deles, o major Eden, estava desaparecido. À meia-noite, o coronel do regimento dirigiu-se até a Chobham Bridge para interrogar a multidão. As autoridades militares certamente estavam atentas à seriedade dos eventos. Segundo os jornais da manhã, por volta das onze horas, um esquadrão de hussardos, duas metralhadoras e cerca de quatrocentos homens do regimento de Cardigan partiram de Aldershot.

Alguns segundos depois da meia-noite, a multidão aglomerada na Chertsey Road, em Woking, viu uma estrela de cor esverdeada e emitindo um suave brilho, como um raio de verão, caindo do céu nos pinhais a noroeste. Era o segundo cilindro.

IX

A BATALHA COMEÇA

Sábado manteve-se em minha memória como um dia de suspense. Também foi um dia de lassidão, quente e abafado, em que os barômetros oscilaram rapidamente, como soube depois. Minha esposa conseguiu dormir; eu, porém, não descansei muito e levantei cedo. Caminhei até o jardim antes do café da manhã e tentei ouvir algo, mas do baldio não percebi nada mais emocionante do que o canto de uma cotovia.

O leiteiro veio, como sempre. Ao som de sua carroça, segui para o portão lateral no intuito de saber das últimas notícias. Ele me contou que, durante a noite, os marcianos foram cercados por tropas e que disparos eram esperados. Então, ouvi um trem chegando em Woking – um som familiar e tranquilizador.

– Eles não serão mortos, se puder ser evitado – disse o leiteiro.

Meu vizinho cuidava do jardim, conversei um pouco com ele e entrei para tomar o café da manhã. Era um começo de dia comum. Meu vizinho acreditava que as tropas capturariam ou destruiriam os marcianos durante o dia.

– É uma pena eles estarem tão inalcançáveis – falou. – Seria interessante saber como é a vida em outro planeta, poderíamos aprender um pouco.

Aproximando-se da cerca, ofereceu-me um punhado de morangos, pois era um jardineiro tão generoso quanto entusiasmado; contou-me sobre o incêndio dos pinhais próximos ao campo de golfe de Byfleet.

– Estão dizendo que outra daquelas benditas coisas caiu por lá. O número dois. Como se não bastasse uma. Até ser resolvido, isso vai custar uma fortuna para o pessoal das seguradoras – disse, rindo e bem-humorado. A floresta ainda queimava, e ele me mostrou uma névoa de fumaça ao longe. – O solo é cheio de agulhas de pinheiro e grama, vão pisar em brasas por dias – disse. Então, ao mencionar o "pobre Ogilvy", sua feição tornou-se séria.

Após o café da manhã, em vez de trabalhar, decidi caminhar até o baldio. Debaixo da ponte ferroviária, encontrei um grupo de soldados – sapadores, acho, homens de capacetes, jaquetas vermelhas, sujas e desabotoadas, camisetas azuis, calças escuras e botas longas. Disseram-me que ninguém podia atravessar o canal e, olhando pela estrada em direção à ponte, vi um dos homens do regimento de Cardigan de sentinela. Conversei com os soldados por um tempo e contei-lhes minha experiência com os marcianos na noite anterior. Como nenhum havia visto as criaturas, e apenas as imaginavam vagamente, encheram-me de perguntas. Disseram que não sabiam quem autorizara os movimentos das tropas; devia haver alguma querela na Guarda Montada. Um sapador comum possui um grau de instrução maior do que o de um soldado comum, e eles debateram sobre as condições peculiares do possível conflito com certa perspicácia. Quando descrevi o Raio de Calor, passaram a discutir entre si.

– É melhor se abaixar pra ganhar cobertura e atacar – opinou um deles.

– Deixa disso! – falou outro. – O que é páreo contra esse raio de calor? Viraríamos churrasco! Precisamos chegar o mais perto possível e fazer uma trincheira.

– Você e suas trincheiras! Sempre quer trincheiras. Devia ter nascido coelho, Snippy.

– Eles não têm pescoço, então? – perguntou outro, de repente. Era baixo, pensativo, moreno e fumava um cachimbo.

Repeti minha descrição.

– Polvos, é o que são – concluiu. – Falam sobre pescadores de homens... Esta é a vez dos combatentes de peixes!

– Não é assassinato matar criaturas desse tipo – disse o primeiro.

– Por que não explodimos essas malditas de uma vez? – sugeriu o homenzinho moreno. – Não se sabe o que podem fazer.

– Onde estão suas granadas? – perguntou o primeiro. – Não há tempo. Temos que ser rápidos e acabar com isso logo, é o que eu acho.

E seguiram discutindo. Depois de um tempo, resolvi deixá-los e caminhei até a estação ferroviária a fim de coletar o máximo de jornais possível.

No entanto, não vou cansar o leitor narrando aquela longa manhã e aquela tarde ainda mais longa. Não consegui ver o baldio, pois até as torres das igrejas de Horsell e de Chobham estavam nas mãos das autoridades militares. Os soldados com quem conversei não sabiam de nada; os oficiais mantinham-se misteriosos e ocupados. A presença dos militares tranquilizava as pessoas na cidade, e ouvi pela primeira vez de Marshall, o tabaqueiro, que seu filho estava entre os mortos do baldio. Os soldados fizeram os moradores dos subúrbios de Horsell saírem de casa.

Voltei para almoçar por volta das duas. O dia quente e abafado fazia eu me sentir muito cansado. Tomei um banho frio à tarde para me refrescar. Por volta das quatro e meia, fui até a estação de trem pegar um jornal vespertino, pois os matutinos traziam apenas uma descrição muito imprecisa da morte de Stent, Henderson, Ogilvy e dos outros. Mas havia pouco que eu não sabia. Os marcianos não se manifestaram mais, ocupando-se em martelar e soltar fumaça sem parar. Aparentemente, preparavam-se para uma batalha.

"novas tentativas de comunicação foram feitas, mas sem sucesso", diziam as manchetes dos jornais. Um sapador contou-me que um homem em uma trincheira erguera uma bandeira em um longo poste. Os marcianos deram tanta atenção aos nossos esforços quanto damos ao mugido de uma vaca.

Confesso que a visão de todo esse armamento, toda essa preparação, muito me animou. Minha imaginação tornou-se beligerante, derrotando os invasores de uma dúzia de maneiras impressionantes; algo dos meus sonhos de menino que ansiava por batalhas e heróis ressurgiu. A luta, naquele momento, dificilmente me parecia justa. Os marcianos estavam indefesos naquela cratera.

Por volta das três horas, um canhão começou a disparar em intervalos regulares em Chertsey ou Addlestone. Soube que bombardeavam o pinhal em chamas onde o segundo cilindro caíra, na esperança de destruir o objeto antes de ele se abrir. Porém, somente perto das cinco horas uma peça de artilharia chegou em Chobham para ser usada contra os primeiros marcianos.

Próximo das seis, enquanto tomava chá com minha esposa e conversava animadamente sobre a batalha se desenrolando diante de nós, ouvi uma explosão abafada no baldio, seguida de uma rajada de tiros. Então, houve um estrondo próximo tão violento que sacudiu o chão. Vi a copa das árvores ao redor do Oriental College explodir em chamas vermelhas e fumegantes, e a torre da igrejinha ao lado ser transformada em ruínas. O pináculo da mesquita desaparecera, e parecia que um canhão de cem toneladas havia atingido a linha do telhado da universidade. Uma de nossas chaminés rachou como se recém-alvejada, pedaços saíram voando e atingiram os ladrilhos, formando um monte de fragmentos vermelhos no canteiro de flores perto da janela do meu escritório.

Ficamos petrificados. Então, percebi que, com a universidade fora do caminho, o topo de Maybury Hill estaria ao alcance do Raio de Calor dos marcianos.

Agarrei o braço da minha esposa e, sem cerimônia, corri para a estrada. Em seguida, chamei a criada, dizendo-lhe que eu mesmo voltaria para pegar no segundo andar o baú que ela pedia.

– Não podemos ficar aqui – falei, enquanto o tiroteio recomeçava no baldio.

– Mas para onde vamos? – minha esposa perguntou, aterrorizada.

Refleti por um momento, atordoado, então me lembrei de seus primos em Leatherhead.

– Leatherhead! – gritei por cima do barulho.

Ela desviou o olhar de mim para a ladeira abaixo. As pessoas deixavam suas casas, apavoradas.

– Como vamos chegar em Leatherhead? – ela questionou.

Lá embaixo, um bando de hussardos passava sob a ponte ferroviária; três galopavam pelos portões abertos do Oriental College, outros dois, desmontados, corriam de casa em casa. O sol, cintilando através da fumaça das copas das árvores, parecia vermelho-sangue e lançava uma luz estranha e lúgubre sobre tudo.

– Esperem aqui – eu disse. – Vocês estão seguras. – E parti de imediato para a taberna Spotted Dog, pois sabia que o proprietário tinha um cavalo e um cabriolé. Fui o mais rápido possível, pois estava ciente de que em breve todos daquele lado da colina estariam fugindo. Encontrei-o no bar, alheio ao que acontecia bem atrás de sua casa. Um homem de costas para mim conversava com ele.

– Quero uma libra – disse o proprietário. – E não tenho ninguém para conduzir.

– Dou-lhe duas – falei, por cima do ombro do desconhecido.

– Para quê?

– Trago de volta à meia-noite.

– Senhor! – ele disse. – Para que tanta pressa? Duas libras, e você ainda traz de volta? O que está acontecendo?

Expliquei-lhe que precisava partir depressa, e consegui o cabriolé. No momento, não me pareceu tão urgente que o proprietário abandonasse a sua casa. Parti imediatamente, desci a estrada e, deixando o veículo com as mulheres, entrei em casa para pegar alguns objetos de valor, como louças e outros. As faias abaixo da casa queimavam, e as cercas reluziam vermelhas. Enquanto eu me ocupava, um dos hussardos aproximou-se correndo. Ele ia de casa em casa orientando as pessoas a sair. O homem passava quando abri a porta da frente carregando meus tesouros em uma toalha de mesa. Gritei atrás dele:

– Quais as novidades?

O hussardo virou-se, encarou-me e berrou algo sobre "estarem rastejando para fora em uma coisa parecida com uma tampa de panela", então disparou para a casa no topo. Um repentino redemoinho de fumaça negra nublou a rua e o escondeu por um momento. Bati na porta do meu vizinho e confirmei, aliviado, o que já sabia: ele partira com a esposa para Londres. Entrei em casa mais uma vez para cumprir a promessa de pegar o baú da criada, arrastei-o para fora e o prendi atrás do cabriolé. Em seguida, peguei as rédeas e pulei no banco do cocheiro ao lado de minha esposa. Em pouco tempo, estávamos livres da fumaça e do barulho, atravessando a encosta de Maybury Hill em direção a Old Woking.

Em frente, a paisagem mostrava-se tranquila e ensolarada, os campos de trigo nos cercavam de ambos os lados da estrada e o Maybury Inn tornara-se visível com sua placa oscilante. Vi a charrete do médico adiante. No final da colina, virei a cabeça para observar a encosta. Uma fumaça negra e densa, com lampejos de fogo vermelho, erguia-se pelo ar e lançava sombras escuras sobre as copas das árvores ainda verdes ao leste. A fumaça se estendia para todos os lados – até os pinhais de Byfleet, a leste, e Woking, a oeste. Na estrada, as pessoas corriam em nossa direção. E bem baixinho, mas muito nitidamente no ar quente e silencioso, ouvimos o zunido de uma metralhadora, que cessou, e o estalido intermitente de rifles.

Ao que parecia, os marcianos incendiavam, com seu Raio de Calor, tudo ao alcance deles.

 Como não sou um cocheiro muito experiente, tive de voltar minha atenção para o cavalo. Quando olhei para trás mais uma vez, a segunda colina escondera a fumaça negra. Aticei o animal com o chicote e deixei a rédea solta até colocar Woking e Send entre nós e aquele tumulto fremente. Ultrapassei o médico.

X
NA TEMPESTADE

Leatherhead localiza-se a cerca de vinte quilômetros de Maybury Hill. O aroma de feno pairava no ar pelos prados verdejantes além de Pyrford, e as sebes de ambos os lados pareciam doces e alegres repletas de rosas caninas. O violento tiroteio que se desenrolou conforme descíamos Maybury Hill cessou tão abruptamente quanto começara, e fazia uma noite muito tranquila e silenciosa. Chegamos a Leatherhead sem mais contratempos por volta das nove horas. O cavalo descansou por uma hora enquanto eu jantava com meus primos e deixava minha esposa sob os cuidados deles.

Ela permaneceu curiosamente quieta durante toda a viagem e parecia oprimida com maus pressentimentos. Tentei acalmá-la, dizendo que os marcianos estavam presos à cratera e, no máximo, conseguiriam rastejar um pouco, mas a resposta veio em monossílabos. Se não tivesse prometido ao taberneiro que voltaria, ela teria insistido que eu ficasse em Leatherhead aquela noite. E teria sido muito melhor ficar! Lembro-me de seu rosto pálido quando nos despedimos.

Passei o dia todo em uma fervorosa agitação. Algo muito semelhante à febre de guerra que ocasionalmente afeta comunidades civilizadas se infiltrara em minha corrente sanguínea e, em meu coração, não lamentava tanto o retorno a Maybury. Um certo receio me tomou, de que a última saraivada que ouvimos significasse o extermínio de nossos invasores de Marte. Talvez afirmar que eu queria testemunhar a morte deles expresse melhor meu estado de espírito.

Próximo das onze horas, tomei o caminho de volta. Fazia uma noite inesperadamente escura; afastando-me da fachada iluminada da casa de meus primos, o céu pareceu-me puro negrume, e o clima continuava tão quente e abafado quanto de dia. No alto, as nuvens passavam velozes, embora nem uma brisa tocasse os arbustos ao nosso redor. O criado de meus primos acendeu duas lamparinas. Por sorte, eu conhecia bem a estrada. Minha esposa se manteve parada à porta, observando-me até eu saltar no cabriolé. Então, virou-se abruptamente e entrou; meus primos desejaram-me boa sorte.

No começo, fiquei um pouco deprimido, contagiado pelos medos de minha esposa, mas logo meus pensamentos se voltaram aos marcianos. Eu não sabia nada em relação ao curso da batalha noturna nem às circunstâncias que haviam deflagrado o conflito. Quando atravessei Ockham (não retornei por Send e Old Woking), notei um brilho vermelho-sangue no horizonte a oeste. Ao me aproximar, ele subia lentamente pelo céu. As nuvens de tempestade se misturavam com a fumaça preta e vermelha.

Na Ripley Street, havia apenas uma janela iluminada, o vilarejo não mostrava sinal de vida. Por pouco escapei de um acidente na esquina da estrada para Pyrford, onde um grupo de pessoas estava parado de costas para mim. Não disseram nada quando passei. Não sei o quanto tinham de informação sobre o que acontecia além da colina, tampouco sei se as casas silenciosas pelas quais passei estavam seguras, ou desertas e vazias, ou molestadas, assistindo ao terror da noite.

De Ripley até Pyrford, cruzei o vale do Wey, e o brilho vermelho tornou-se oculto. No momento em que eu subia a pequena colina além da igreja de Pyrford, o brilho reapareceu, e as árvores ao meu redor tremeram com os primeiros sinais da tempestade sobre mim.

Os sinos da igreja de Pyrford anunciaram meia-noite atrás de mim, e vi a silhueta de Maybury Hill formando um contorno preto nas copas das árvores e nos telhados escuros contra o vermelho.

No instante em que vislumbrei isso, um intenso clarão verde iluminou a estrada em volta e revelou a floresta distante na direção de Addlestone. Senti um puxão nas rédeas e notei que um fio de fogo verde atravessara as nuvens, iluminando-as de uma vez e caindo no campo à minha esquerda. Era a terceira estrela cadente!

Bem próximo dela, violeta e ofuscante, surgiu o primeiro raio da tempestade que se aproximava, e o trovão ribombou como um foguete no alto. O cavalo mordeu as rédeas e disparou.

Como havia uma inclinação moderada no pé da colina de Maybury, seguimos por ali. Depois do primeiro relâmpago, ocorreu uma sucessão de clarões tão rápida quanto eu jamais vira. Os trovões vinham em sequência, acompanhados de um estranho estalido, mais semelhantes a uma gigantesca máquina elétrica funcionando do que as habituais reverberações fulminantes da tempestade. A luz bruxuleante era cegante e confusa, e um suave granizo atingiu-me o rosto enquanto eu descia a ladeira.

A princípio, enxergava pouco além da estrada diante de mim e, de repente, algo se movendo pela encosta oposta de Maybury Hill atraiu minha atenção. Julguei ser o telhado molhado de uma das casas, mas os repetidos lampejos revelaram que alguma coisa se movimentava com velocidade. Era uma visão fugidia: uma breve e desconcertante escuridão, então, se fez dia com um forte clarão, e vi a extensão vermelha do orfanato perto do topo da colina, as copas verdes dos pinheiros, e um objeto inconcebível, nítido e brilhante.

A Coisa! Como poderia descrevê-la? Um trípode monstruoso, mais alto que muitas casas, assomando sobre os pinheiros baixos e destruindo-os ao passar; era um motor ambulante de metal reluzente atravessando a urze; cordas articuladas de aço pendiam dele, e o barulho que emitia se misturava ao estrondo dos trovões.

Durante um lampejo, tornou-se nítido, inclinado sobre a rua com dois pés no ar, desaparecendo e reaparecendo quase instantaneamente com o próximo fulgor, a cem metros de distância. Imagine um banquinho de ordenha pendendo curvado violentamente no chão. Essa foi a impressão que aqueles flashes me deram , mas, em vez de um banco de ordenha, imagine uma enorme maquinaria suportada por um tripé.

Então, de súbito, as árvores do pinhal à minha frente se abriram, como juncos quebradiços sendo abertos por alguém que se força por eles. Foram arrancadas e arrastadas, e um segundo grande trípode apareceu, ao que parecia, avançando para mim. E eu estava indo direto ao encontro dele! Ao ver o segundo monstro, o pavor me dominou. Sem parar para olhar novamente, puxei a cabeça do cavalo com força para a direita, e num instante o cabriolé se dobrou sobre o cavalo; os eixos se partiram ruidosamente, fui jogado de lado e caí com força em uma poça de água.

Eu me arrastei e me agachei, com os pés ainda na água, sob um arbusto. O cavalo jazia imóvel (o pescoço do pobre animal quebrara!), e, através dos clarões dos relâmpagos, vi a massa negra do cabriolé capotado e a silhueta da roda ainda girando lentamente. No momento seguinte, o monstro colossal passou por mim e subiu a colina em direção a Pyrford.

De perto, a Coisa era incrivelmente estranha, pois não se tratava apenas de uma máquina insensata seguindo seu rumo, mas uma máquina emitindo um ritmo metálico, com tentáculos longos, flexíveis e brilhantes (um dos quais agarrou um pinheiro baixo) balançando-se e sacudindo sobre seu corpo peculiar. Decidia qual caminho seguir enquanto avançava, e o domo metálico no topo se movia de um lado para o outro, como uma cabeça observando tudo ao redor. Atrás do corpo, havia uma enorme massa de metal branco semelhante a uma cesta de pescar, e nuvens de fumaça verde esguichavam de suas articulações enquanto o monstro passava por mim. Em um instante, ele se foi.

Assisti a tudo vagamente através do clarão dos raios, entre lampejos ofuscantes e densas sombras negras.

Ao passar, emitiu um uivo ensurdecedor e triunfante que afogou o trovão – "Ouuu! Ouuu!" – e, no minuto seguinte, já se reunia com o outro, a oitocentos metros de distância, curvando-se sobre algo no campo. Não tenho dúvidas de que essa Coisa era o terceiro dos dez cilindros que Marte disparou contra nós.

Permaneci deitado por um tempo na chuva e na escuridão, observando, sob a luz intermitente, esses monstruosos seres de metal movendo-se ao longe sobre as sebes. Um granizo fino caía e, em meio à tempestade, as figuras se tornavam enevoadas e então clareavam novamente. De vez em quando, os raios davam uma trégua, e a noite os engolia.

A chuva de granizo acima e a água da poça abaixo me encharcaram. Levou algum tempo até que meu choque me permitisse procurar um local mais seco, ou pensar no perigo iminente.

Não muito distante, havia uma pequena cabana de madeira cercada por uma horta, então me levantei, me curvei e, usando todas as oportunidades de cobertura, corri até lá. Esmurrei a porta, mas ninguém a abriu (se é que havia alguém lá dentro), então desisti. Aproveitando-me de um fosso, abaixei-me e engatinhei a maior parte do caminho sem ser visto pelas monstruosas máquinas, adentrando os pinhais em direção a Maybury.

Segui em frente às escondidas, molhado e tremendo, rumo à minha casa. Caminhei por entre as árvores tentando encontrar a trilha. Não havia mais tantos relâmpagos e a floresta estava muito escura; o granizo, caindo em torrentes, desabava através das fendas da folhagem pesada.

Se eu tivesse de fato compreendido o significado de tudo que vira, teria imediatamente contornado Byfleet até Cobham Street e voltado para junto de minha esposa em Leatherhead , mas, naquela noite, a estranheza dos acontecimentos e minha miséria física me impediram. Estava machucado, cansado, molhado até os ossos, surdo e cego pela tempestade.

Pensei apenas em ir para casa, e essa foi toda a minha motivação. Cambaleei entre as árvores, caí num buraco e arranhei os joelhos em um tronco, enfim chafurdando na pista que vinha do College Arms, pois a água da chuva arrastava a areia da colina em uma torrente lamacenta. Ali na escuridão um homem tropeçou em mim e me jogou para trás.

Soltou um grito de terror, saltou para o lado e saiu correndo antes que eu conseguisse me recompor para falar com ele. A força da tempestade me obrigou a lutar para subir o morro, então, aproximei-me da cerca à esquerda e segui me segurando ao longo de suas estacas.

Perto do topo, tropecei em algo macio e, durante um clarão, vi entre meus pés um amontoado de tecido preto e um par de botas. Antes que distinguisse claramente o estado do homem, o relâmpago já havia passado. Permaneci de pé sobre ele esperando o próximo lampejo. Durante um clarão, percebi que era um homem robusto, vestido com roupas baratas, mas não maltrapilhas; a cabeça se dobrava sob o corpo e ele estava estirado próximo à cerca, como se algo o tivesse jogado violentamente contra ela.

Vencendo a repugnância natural de quem nunca havia tocado um cadáver, inclinei-me e o virei para sentir seu coração; nada. Aparentemente, o pescoço estava quebrado. Mais um relâmpago brilhou, e o rosto do homem se revelou. Dei um salto. Era o proprietário do Spotted Dog, cujo veículo eu levara.

Passei sobre ele com cautela e subi a colina. Passei pela delegacia e pelo College Arms e segui rumo à minha casa. Na encosta, nada queimava, embora do baldio ainda viesse um brilho vermelho e um caos de fumaça rubra contra o granizo encharcado.

Até onde consegui ver através dos clarões, as casas à minha volta estavam praticamente intactas. Ao lado do College Arms, notei uma pilha de escombros na estrada.

Na rua abaixo no sentido de Maybury, ouvi vozes e passos, mas não tive coragem de gritar ou ir até eles. Coloquei a chave na fechadura, fechei a porta e a tranquei, cambaleando até o pé da escada, onde me sentei. Aqueles monstros metálicos e o cadáver esmagado contra a cerca ocupavam-me a mente.

Encolhi-me ali, de costas para a parede, e fui tomado por tremores violentos.

XI
PELA JANELA

Minhas tempestades de emoção, como já expliquei, desvanecem de repente. Depois de um tempo, notei que estava gelado e úmido, bem como a presença de pequenas poças de água no tapete da escada. Levantei-me quase mecanicamente, entrei na sala de jantar, bebi um pouco de uísque e fui trocar de roupa.

Subi para o meu escritório sem saber o motivo. A janela, que na pressa de nossa partida ficara aberta, dá para as árvores e a ferrovia perto de Horsell Common. O cômodo estava escuro e, ao contrário da imagem que a moldura da janela continha, a lateral da sala parecia impenetrável. Parei na porta.

A tempestade passara; as torres do Oriental College e os pinheiros haviam desaparecido, e ao longe, iluminados por um intenso brilho vermelho, via-se o baldio sobre os areais, onde enormes formas negras, grotescas e estranhas, movimentavam-se de um lado para o outro.

A região naquela direção parecia pegar fogo – uma extensa colina, com línguas minúsculas de chamas, balançando e se contorcendo com as rajadas de vento da tempestade findando, lançando um reflexo vermelho na nuvem acima. De vez em quando, uma névoa de fumaça de algum incêndio mais próximo ocultava as formas marcianas.

Não era possível ver o que eles faziam, nem distinguir seu contorno, nem identificar os objetos escuros com os quais se ocupavam. Tampouco consegui ver o fogo ali perto, embora seus reflexos dançassem na parede e no teto do escritório. Um aroma forte e resinoso de combustão pairava no ar.

Fechei a porta silenciosamente e me arrastei até a janela. De um lado, a vista se estendia até as casas da estação de Woking e, de outro, até os pinhais carbonizados e enegrecidos de Byfleet. Na ferrovia, perto do arco, havia luz, e várias casas ao longo da Maybury Road e das ruas próximas à estação tornaram-se ruínas flamejantes. A princípio, a luz na ferrovia me intrigou, havia algo preto e um brilho vívido, e à direita uma fileira de formas oblongas e amarelas. Notei, então, tratar-se de um trem destruído; embora os vagões traseiros se mantivessem sobre os trilhos, a parte dianteira, esmagada, queimava em chamas.

Entre esses três principais pontos de luz – as casas, o trem e toda a área que ardia até Chobham –, estendiam-se trechos irregulares e sombrios, interrompidos aqui e ali por pequenas flamas e fumaça. A visão de toda aquela extensão escura e incandescente formava um espetáculo muito estranho. Lembrava-me, mais do que qualquer outra coisa, das Olarias de noite. No começo, apesar de procurar com atenção, não distingui ninguém. Mais tarde, vi contra a luz da estação de Woking várias figuras negras correndo em fila pela linha do trem.

Esse era o mundinho em que eu vivia confortavelmente havia anos, esse caos impiedoso! Não sabia ainda o que acontecera nas últimas sete horas; tampouco entendia, embora começasse a adivinhar, a relação entre aqueles gigantes mecânicos e as coisas vagarosas que eu vira sendo vomitadas do cilindro. Com um interesse bizarro e distante, virei a cadeira da escrivaninha na direção da janela, sentei-me e olhei para o horizonte enegrecido, em particular, para as três monstruosidades pretas que iam e vinham à luz das chamas ao redor dos areais.

Elas pareciam incrivelmente ocupadas, e intrigou-me o que estariam fazendo. Seriam mecanismos inteligentes? Julguei isso impossível. Haveria algum marciano dentro de cada um – governando, dirigindo, usando –, assim como o cérebro governa nosso corpo? Comecei a comparar essas coisas com as máquinas humanas, questionando-me pela primeira vez na vida o que um animal inferior pensaria de um navio ou uma máquina a vapor.

A tempestade limpara o céu e, sobre a fumaça das terras em chamas, o pontinho diminuto que era Marte sumia no oeste. Nesse momento, um soldado entrou no meu jardim; ouvi um suave raspão na cerca e, despertando da letargia que se abatera sobre mim, olhei para baixo e o vi vagamente, subindo pelas estacas. Diante de outro ser humano, meu torpor logo passou, e inclinei-me para fora da janela, ansioso.

– Ei! – sussurrei.

Ele parou em cima da cerca, em dúvida. Então, atravessou o gramado até a esquina da casa, curvou-se e pisou sutilmente.

– Quem está aí? – perguntou, também sussurrando, parado embaixo da janela e olhando para cima.

– Aonde você está indo? – questionei.

– Sabe lá Deus.

– Está tentando se esconder?

– Isso.

– Venha para dentro – falei.

Desci, abri a porta, deixei-o entrar e tranquei novamente. Embora o homem não usasse chapéu, não consegui ver seu rosto, mas notei o casaco desabotoado.

– Meu Deus! – ele disse, enquanto entrava.

– O que aconteceu? – perguntei.

– O que *não* aconteceu? – Na escuridão, notei um gesto de desespero. – Aquelas coisas nos exterminaram. Simplesmente nos exterminaram – ele ficou repetindo.

Então, seguiu-me quase mecanicamente até a sala de jantar.

– Beba um pouco de uísque – falei, servindo-lhe uma boa dose.

O homem bebeu. De repente, sentou-se diante da mesa, apoiou a cabeça nos braços e começou a soluçar e a chorar como um garotinho, entregue às emoções, enquanto eu, curiosamente esquecido de meu recente desespero, permaneci ao seu lado, fazendo-lhe perguntas.

Demorou muito tempo para ele se acalmar e responder minhas perguntas, mas as respostas saíam de modo confuso e incompleto. O homem era motorista de artilharia e só entrara em ação por volta das sete. Àquela hora, a batalha se desenrolava no baldio, e dizia-se que o primeiro grupo de marcianos rastejava lentamente em direção ao segundo cilindro sob a proteção de um escudo de metal.

Mais tarde, esse escudo transformou-se nas pernas do trípode – a primeira das máquinas de guerra que eu vira. O reparo que ele dirigia fora desengatado perto de Horsell para dominar os areais, e sua chegada precipitou a ação. Quando os artilheiros foram para a retaguarda, o cavalo que o homem montava pisou em uma toca de coelho e caiu, atirando-o em um buraco no chão. Nesse momento, o canhão estourou atrás dele, a munição explodiu, o fogo espalhou-se por toda parte, e ele se viu debaixo de uma pilha de homens e cavalos mortos.

– Fiquei paralisado, morrendo de medo, com a metade dianteira do cavalo sobre mim. Tínhamos sido destruídos. E o cheiro... oh, meu Deus! De carne queimada! Estava ferido nas costas pela queda do cavalo, e tive que esperar até me sentir melhor. Um minuto antes, tudo parecia um desfile militar... mas, então, transformou-se em tropeços, explosões, zunidos! Exterminados! – disse.

Ele escondeu-se sob o cavalo morto por um longo tempo, espiando furtivamente pelo baldio. Os soldados de Cardigan fizeram uma tentativa em linha de atiradores na cratera, mas foram varridos da existência. Então, o monstro ergueu-se e perambulou vagarosamente para cá e para lá pelo baldio, entre os poucos fugitivos, girando a cúpula em forma de cabeça assim como um ser humano moveria a sua própria cabeça. Uma espécie de braço carregava uma complexa caixa metálica, que cintilava um brilho verde. O Raio de Calor saía por um cano.

Em poucos minutos, não havia mais vida sobre o baldio e, até onde o soldado podia ver, os arbustos e árvores que ainda não tinham sido carbonizados estavam em chamas. Como os hussardos seguiram pela estrada além de um morro, ele não os viu. Por um tempo, ouviu o alarido das metralhadoras, até que silenciaram. O gigante poupara a estação de Woking e suas casas aglomeradas,, mas, em um instante, o Raio de Calor entrou em ação, e a cidade se tornou um monte de ruínas ardentes. Em seguida, a Coisa desativou o Raio de Calor e, dando as costas para o artilheiro, afastou-se rumo aos pinhais fumegantes que abrigavam o segundo cilindro. Nisso, um segundo titã reluzente ergueu-se da cratera.

O segundo monstro seguiu o primeiro, enquanto, com cuidado, o artilheiro rastejava pelas cinzas da urze ainda quente em direção a Horsell. Ele conseguiu sair vivo na valeta ao lado da estrada e fugiu para Woking. Nesse ponto, a história tornou-se confusa. O lugar estava intransitável. Havia alguns sobreviventes ali; na maior parte, pessoas desesperadas, muitas queimadas. Ele desviou do fogo e se escondeu entre pilhas quase ardentes de destroços quando um dos gigantes marcianos retornou. Presenciou quando a Coisa perseguiu um homem, agarrando-o em um de seus tentáculos de aço e batendo-lhe a cabeça contra o tronco de um pinheiro. Por fim, depois do anoitecer, o artilheiro saiu correndo e atravessou a ferrovia.

Desde então, seguia rumo a Maybury, na esperança de se salvar em direção a Londres. As pessoas se escondiam em trincheiras e porões, e muitos dos sobreviventes haviam fugido para Woking e Send. A sede o consumia, até que encontrou, perto do arco da ferrovia, um canal de água cujo cano estava quebrado e cuja água jorrava na estrada como uma fonte.

E essa foi a história que ele me contou. Acalmou-se tentando me fazer ver as coisas que tinha visto. O homem não comia desde o meio-dia, como revelara no início de sua narrativa, então encontrei um pouco de carne de carneiro e pão na despensa e trouxe a comida para a sala. Não acendemos nenhuma lamparina por medo de atrair os marcianos, e de vez em quando nossas mãos se esbarravam sobre o pão ou a carne. Enquanto ele falava, as coisas ao nosso redor emergiam da escuridão, e podíamos ver os arbustos pisoteados e as roseiras quebradas do lado de fora da janela. Aparentemente, várias pessoas ou animais tinham corrido pelo gramado. Consegui ver o rosto dele: sujo e abatido, certamente como o meu também.

Quando terminamos de comer, subimos devagar para o meu escritório, e olhei novamente pela janela aberta. Em uma noite, o vale se tornara apenas cinzas. Os incêndios tinham diminuído. Onde antes havia labaredas, agora se via fumaça; mas as incontáveis ruínas das casas destruídas e arrasadas e das árvores esfaceladas e carbonizadas que a noite escondera se destacavam agora, sombrias e terríveis à implacável luz do amanhecer. No entanto, aqui e ali, algum objeto escapara – uma placa de sinalização ferroviária aqui, a ponta de uma estufa ali, branca e fresca em meio aos destroços. Nunca antes na história das guerras a destruição fora tão indiscriminada e tão universal. E brilhando com a crescente luz do leste, três dos gigantes metálicos permaneciam na cratera, girando as cabeças como se examinassem a desolação provocada.

A cratera pareceu-me maior, sempre soprando aqueles vapores verdes e vívidos, elevando-se pelo amanhecer claro – subindo, serpenteando, dissipando-se e desaparecendo.

Mais além, as colunas de fogo sobre Chobham se tornaram pilares de fumaça injetada de sangue ao primeiro raiar do dia.

XII
O QUE VI DA DESTRUIÇÃO DE WEYBRIDGE E SHEPPERTON

Quando amanheceu, saímos da janela de onde acompanhamos os marcianos e descemos as escadas silenciosamente.

O artilheiro concordou comigo que a casa não era um bom esconderijo, e propôs seguirmos para Londres, de onde retornaríamos à sua bateria – nº 12, da Artilharia Montada. Meu plano era voltar de imediato para Leatherhead; a força dos marcianos me impressionara tanto que eu havia decidido levar minha esposa a Newhaven, e com ela deixar a região sem demora, pois eu já percebia claramente que a área ao redor de Londres se tornaria o palco de uma luta desastrosa antes que essas criaturas fossem destruídas.

Entre nós e Leatherhead, no entanto, havia o terceiro cilindro com seus gigantes de guarda. Se estivesse sozinho, talvez tivesse me arriscado e atravessado a região. Mas o artilheiro me dissuadiu da ideia:

– Não é gentil deixar sua querida esposa viúva tão cedo – ele disse.

No final, concordei em acompanhá-lo para o norte, pela floresta, antes de nos separarmos em Street Cobham, onde eu faria um grande desvio por Epsom rumo a Leatherhead.

Eu deveria ter partido logo, mas meu companheiro era um militar na ativa, e provavelmente sabia o que fazer. Após vasculhar a casa em busca de um frasco, ele o encheu de uísque; e lotamos todos os bolsos disponíveis com pacotes de biscoitos e fatias de carne. Então, saímos de casa e corremos o mais rápido possível pela estrada mal feita por onde eu viera de noite. As casas pareciam abandonadas. Na via, passamos por três cadáveres carbonizados, atingidos pelo Raio de Calor; e aqui e ali havia objetos que as pessoas derrubaram – um relógio, um chinelo, uma colher de prata e pertences de valor semelhante. Na esquina, topamos com uma pequena charrete voltada para os correios, repleta de caixas e móveis, sem cavalos, pendendo sobre uma roda quebrada. Uma caixa de dinheiro fora aberta às pressas, jogada sob os escombros.

Com exceção do alojamento do orfanato, que ainda ardia em chamas, nenhuma das casas sofrera muito ali. O Raio de Calor atingira as chaminés e seguira adiante. No entanto, não parecia haver vivalma em Maybury Hill além de nós. Suponho que a maioria dos moradores conseguira escapar pela Old Woking Road – a que eu tomara até Leatherhead –, ou se mantinha escondida.

Descemos a estrada, cruzamos com o cadáver do homem de preto, encharcado pela chuva de granizo, e adentramos a floresta ao pé da colina. Abrimos caminho pela mata em direção à ferrovia sem encontrar uma alma sequer. Os bosques do outro lado da linha não passavam de ruínas desfiguradas e enegrecidas; quase todas as árvores haviam caído, algumas poucas ainda permaneciam de pé, com caules cinzentos e sombrios, e folhagens marrom-escuras em vez de verdes.

Do nosso lado, o fogo apenas incendiara as árvores mais próximas, sem se alastrar. Em um local, os lenhadores que trabalharam no sábado haviam derrubado algumas árvores, que jaziam em uma clareira, com montes de serragem junto à máquina de serrar e seu motor. Ali perto, uma cabana temporária fora abandonada.

Não havia um sopro de vento naquela manhã, e tudo estava estranhamente parado. Nem os pássaros cantavam. Enquanto nos apressávamos, o artilheiro e eu conversamos aos sussurros, olhando para trás de vez em quando. Vez ou outra paramos para escutar.

Depois de um tempo, aproximamo-nos da estrada. Ao som de cascos, vimos através dos caules das árvores três soldados da cavalaria avançando lentamente para Woking. Nós os cumprimentamos, e eles pararam conforme corríamos em sua direção. Eram um tenente e alguns soldados da 8º Companhia de Hussardos, com um equipamento semelhante a um teodolito, que o artilheiro me explicou ser um heliógrafo.

– Vocês são os primeiros homens que vejo por aqui esta manhã – disse o tenente. – O que trazem? – Sua voz e rosto estavam impacientes. O homem atrás dele nos encarava com curiosidade. O artilheiro caminhou até a estrada e os saudou.

– Nossa artilharia foi destruída ontem à noite, senhor. Permaneci escondido, tentando me reunir à bateria, senhor. Verá os marcianos a cerca de oitocentos metros se seguir pela estrada.

– Como são esses malditos? – perguntou o tenente.

– Gigantes de armadura, senhor. De uns trinta metros de altura. Têm três pernas e um corpo de algo como alumínio, com uma cabeça enorme e forte como um capacete, senhor.

– Sem essa! – o tenente falou. – Que absurdo!

– O senhor vai ver. Eles têm um tipo de caixa que solta fogo e mata na hora.

– Como assim? Uma arma?

– Não, senhor. – Em seguida, o artilheiro relatou com vivacidade os estragos do Raio de Calor. No meio da narrativa, o tenente o interrompeu e olhou para mim. Eu permanecia parado ao lado da estrada.

– É completamente verdade – falei.

— Bem – disse o tenente –, acho que é meu trabalho verificar isso. Olhe – falou para o artilheiro. – Estamos aqui para evacuar as pessoas das casas. Reporte-se ao brigadeiro-general Marvin e lhe conte tudo o que sabe. Ele está em Weybridge. Conhece o caminho?

— Sim – afirmei. O homem virou o cavalo para o sul novamente.

— Oitocentos metros, você disse? – perguntou.

— No máximo – respondi, e apontei as copas das árvores ao sul. Ele agradeceu e seguiu em frente, e não os vimos mais.

À frente, encontramos um grupo de três mulheres e duas crianças na estrada, limpando a cabana de um trabalhador. Elas tinham um pequeno carrinho de mão e o enchiam com fardos imundos e móveis surrados. Estavam comprometidas demais com a tarefa para falar conosco quando passamos.

Na estação de Byfleet, emergindo do meio dos pinheiros, encontramos o lugar calmo e pacífico sob o sol da manhã. Já havíamos nos distanciado bastante do Raio de Calor, e, se não fosse pelo abandono silencioso de algumas casas, pela agitação de pessoas empacotando coisas em outras, e pelo grupo de soldados em pé na ponte sobre a ferrovia mirando a linha no sentido de Woking, o dia seria igual a qualquer outro domingo.

Várias carroças e charretes se moviam estrondosamente ao longo da estrada para Addlestone e, de repente, através do portão de uma fazenda, vimos, pela pradaria plana, seis pesados canhões plantados de modo ordenado, a distâncias iguais, apontando para Woking. Os artilheiros aguardavam ao lado, e os vagões de munição estavam a uma curta distância. Os homens pareciam quase em posição de sentido.

— Que bom! – disse eu. – Eles terão ao menos uma chance justa.

O artilheiro hesitou no portão.

— Vou continuar – falou.

Mais à frente, no sentido de Weybridge, logo acima da ponte, um grupo de homens de farda branca erguia uma longa barricada, com mais canhões atrás.

– São arcos e flechas contra um raio – disse o artilheiro. – Eles ainda não viram o raio de fogo.

Os oficiais que não trabalhavam na barricada se levantaram e olharam para as copas das árvores a sudoeste, e os que trabalhavam paravam de vez em quando para olhar na mesma direção.

Byfleet estava um caos; pessoas faziam as malas, e vários hussardos, alguns deles desmontados, outros a cavalo, tentavam evacuá-las. Três ou quatro carroças pretas do governo, com cruzes em círculos brancos, e um ônibus velho, entre outros veículos, recebiam as bagagens na rua do vilarejo. Dezenas de pessoas se aglomeravam ali; a maioria parecia rumo a um passeio, vestidas com suas melhores roupas. Os soldados enfrentavam dificuldades para fazê-las entender a gravidade da situação. Um velho enrugado carregava um baú enorme e muitos vasos de orquídeas, discutindo com raiva com o cabo que lhe pedia que os deixasse para trás. Parei e agarrei-lhe o braço.

– O senhor sabe o que há ali? – perguntei, apontando para os pinheiros que escondiam os marcianos.

– Hã? – ele murmurou, virando-se para mim. – Só estava falando que isso é valioso.

– Morte! – berrei. – A morte está se aproximando! Morte! – Larguei-o ali digerindo a informação, caso ele pudesse, e corri atrás do artilheiro. Na esquina, olhei para trás. O soldado o deixara, e o velho permanecia ao lado do baú, com os vasos de orquídeas apoiados nele, olhando vagamente para as árvores.

Ninguém em Weybridge sabia nos dizer onde se localizava o quartel-general; uma confusão que eu jamais vira em cidade alguma tomava o lugar. Havia charretes e carruagens e cavalos por toda parte, em uma mistura impressionante de transportes. Os respeitáveis moradores, homens em trajes de golfe e de barco e suas esposas bem-vestidas faziam as malas; carregadores ajudavam vigorosamente às margens do rio; crianças agitavam-se, empolgadas e, em sua maioria, satisfeitas com a variação surpreendente de experiências dominicais.

No meio de tudo, o nobre pároco realizava uma celebração muito agradável, e seu sino soava acima da excitação geral.

O artilheiro e eu, sentados no degrau da fonte, fizemos uma refeição bastante aceitável com o que tínhamos trazido conosco. Patrulhas de soldados – aqui não eram hussardos, mas granadeiros de branco – avisavam as pessoas para partirem de imediato, ou se refugiarem nos porões assim que o tiroteio começasse. Quando atravessamos a ponte da ferrovia, vimos uma multidão crescente de pessoas reunidas na plataforma da estação, as quais traziam caixas e pacotes. Creio que o tráfego comum havia sido interrompido, a fim de permitir a passagem de tropas e canhões para Chertsey, e soube depois que ocorrera uma luta selvagem por lugares nos trens especiais, adiados por uma hora.

Permanecemos em Weybridge até o meio-dia e, a essa hora, estávamos perto de Shepperton Lock, ponto de encontro dos rios Wey e Tâmisa. Passamos boa parte do tempo ajudando duas senhoras a carregar uma charrete. O Wey conta com três desembocaduras e, onde estávamos, barcos estavam disponíveis para locação; uma balsa aguardava do outro lado do rio. Do lado de Shepperton, havia uma estalagem com um gramado e, além dela, a torre da igreja de Shepperton – substituída por um campanário – erguia-se acima das árvores.

Encontramos uma multidão agitada e barulhenta. Até o momento, o pânico ainda não atingira as pessoas, mas já havia muito mais gente do que os barcos suportavam. Elas chegavam ofegantes carregando cargas pesadas; um casal trazia até mesmo uma pequena porta externa, com alguns utensílios domésticos empilhados nela. Um homem nos disse que pretendia fugir pela estação de Shepperton.

Havia muitos gritos, e um homem fazia gracejos. As pessoas pareciam pensar nos marcianos como seres humanos formidáveis, que poderiam atacar e saquear a cidade, mas que, sem dúvida, seriam destruídos no final. De vez em quando, olhavam nervosamente para o rio Wey, para os prados em direção a Chertsey, mas tudo continuava calmo por lá.

Do outro lado do Tâmisa, exceto onde os barcos atracavam, tudo se mantinha tranquilo, em nítido contraste com o lado de Surrey. As pessoas que desembarcavam seguiam caminhando pela pista. A grande balsa acabara de fazer uma viagem. Três ou quatro soldados estavam de pé no gramado da estalagem, olhando os fugitivos e zombando deles, sem oferecer ajuda. Como era cedo, a estalagem ainda não abrira.

– O que é isso? – gritou um barqueiro.

– Cale a boca, seu estúpido! – disse um homem perto de mim para um cachorro latindo.

Então, ouviu-se outro estrondo, um ruído abafado, vindo de Chertsey – o som de um canhão.

A batalha começava. Quase no mesmo instante, baterias ocultas pelas árvores, do outro lado do rio à nossa direita, juntaram-se ao coro, disparando pesadamente. Uma mulher gritou. Todos ficaram paralisados pela agitação repentina da batalha, tão perto de nós e ainda oculta. Não se via nada, exceto pradarias planas, vacas alimentando-se despreocupadamente e salgueiros prateados, imóveis à luz do sol.

– Os soldados vão detê-los – disse uma mulher ao meu lado, hesitante. Uma nebulosidade se elevou sobre as copas das árvores.

Então, de repente, ao longe, sobre o rio, vimos uma nuvem de fumaça erguendo-se e pairando no ar; no mesmo momento, o chão cedeu sob nossos pés e uma forte explosão sacudiu o ar, quebrando duas ou três janelas das casas próximas e nos deixando atônitos.

– Aqui estão eles! – gritou um homem de camisa azul. – Ali! Estão vendo? Ali!

De súbito, um após o outro, um, dois, três, quatro marcianos blindados apareceram, longe das árvores baixas, além das pradarias que se estendiam até Chertsey, avançando com rapidez rumo ao rio. A princípio, pareciam pequenas figuras de capacete, movimentando-se com tanta agilidade quanto pássaros.

Então, um quinto marciano veio em nossa direção. Os corpos blindados reluziam ao sol enquanto se arrastavam velozmente sobre os canhões, crescendo de tamanho à medida que se aproximavam. O mais distante, na extrema esquerda, sacou uma enorme cápsula no ar, e o terrível e fantasmagórico Raio de Calor que eu presenciara na noite de sexta-feira atacou Chertsey, destruindo a cidade.

Ao ver essas criaturas bizarras, velozes e terríveis, o horror tomou a multidão perto da margem do rio. Não houve gritos nem berros, apenas silêncio. Então, um murmúrio rouco e passos. Barulho de água. Um homem, apavorado demais para soltar a bagagem do ombro, deu meia-volta e atingiu-me com a quina da maleta. Uma mulher me empurrou e passou correndo. Virei-me com a correria, mas não tão aterrorizado a ponto de não conseguir pensar direito. O temível Raio de Calor continuava em minha mente. Mergulhar! Era isso!

– Mergulhem! – gritei, mas a maioria me ignorou.

Olhei de novo e corri em direção ao marciano que se aproximava, direto para a praia de cascalho, mergulhando de cabeça na água. Outros fizeram o mesmo. Várias pessoas já embarcadas saltaram na água quando passei correndo. Senti as pedras sob meus pés enlameadas e escorregadias, e percorri talvez uns seis metros com a água mal chegando à cintura devido ao nível do rio. Então, quando o marciano se elevou no alto, a poucas centenas de metros, lancei-me para frente sob a superfície. O som das pessoas pulando no rio atingia meus ouvidos como trovões. Estavam desembarcando às pressas nas duas margens. No entanto, a máquina marciana nem sequer ligou para as pessoas se precipitando ao redor, como nós tampouco notamos a confusão das formigas quando chutamos um formigueiro. Quando me ergui da água para respirar, a cabeça do marciano apontava para as baterias que ainda disparavam do outro lado do rio. A criatura avançava, balançando no ar o que devia ser o gerador do Raio de Calor.

No momento seguinte, já alcançara a margem, na metade do rio. Os joelhos de suas pernas dianteiras dobraram-se na margem mais distante e, em seguida, a Coisa se ergueu mais uma vez em toda a sua altura, perto do vilarejo de Shepperton. De repente, os seis canhões ocultos para qualquer um na margem direita, escondidos atrás das casas, dispararam simultaneamente. Os súbitos e repetidos disparos, tão próximos, fizeram meu coração saltar. O monstro já levantava a cápsula de Raio de Calor quando a primeira granada explodiu seis metros acima de sua cabeça.

Soltei um grito, assombrado. Não vi os outros quatro monstros marcianos e nem sequer pensei neles; focava-me apenas no mais próximo. No mesmo instante, outras duas granadas explodiram no ar perto de seu corpo, enquanto a cabeça girava a tempo de receber a quarta granada, que explodiu bem na cara da Coisa. A cabeça abaulada e reluzente da criatura espatifou-se em uma dúzia de fragmentos de carne vermelha e metal cintilante.

– Acertou! – gritei, entre espanto e alegria.

As pessoas na água ao redor gritavam. Poderia ter pulado para fora do rio, de tão satisfeito com essa exultação momentânea.

O colosso decapitado cambaleou como um gigante bêbado, mas não caiu. Milagrosamente recuperou o equilíbrio e, não mais controlando os passos e segurando a cápsula que disparava o Raio de Calor com rigidez no ar, vacilou sobre Shepperton. A inteligência da máquina, o marciano dentro da cabeça em forma de cúpula, fora aniquilada, jogada aos quatro ventos, e a Coisa agora não passava de um mero dispositivo intrincado de metal girando e aguardando a destruição. Avançava em linha reta, incapaz de retomar o controle, até atingir a torre da igreja de Shepperton, esmagando-a como um aríete, e tombou para o lado, tropeçando e, por fim, desabou com uma força terrível no rio, fora da minha vista.

Uma violenta explosão sacudiu o ar, e um jato de água, vapor, lama e metal quebrado jorrou para o céu. Ao ser tocada pela cápsula do Raio de Calor, a água instantaneamente se transformou em fumaça. Então, uma onda enorme, uma maré lamacenta e escaldante, veio varrendo a curva rio acima. Vi pessoas lutando em direção à margem, ouvi os gritos fracos acima da fervura e do estrondo do colapso do marciano.

Por um momento, não me importei com o calor, alheio à minha necessidade de autopreservação. Avancei pela água tumultuada, carregando um homem de preto até ver a curva. Meia dúzia de barcos vazios oscilavam a esmo na confusão das ondas. O marciano caído surgiu rio abaixo, jazendo do outro lado, quase submerso.

Nuvens grossas de vapor emanavam dos destroços e, através da névoa serpenteante e turbulenta, vislumbrei vagamente aqueles membros gigantescos agitando a água e espirrando lama e espuma no ar. Os tentáculos balançavam e golpeavam tais quais braços vivos, e, exceto pelo desespero inútil desses movimentos, era como se algo ferido lutasse pela vida em meio às ondas. Enormes quantidades de um fluido marrom-avermelhado jorravam em jatos ruidosos para fora da máquina.

Um ruído furioso, ou o que chamamos de sirene em nossas cidades industriais, desviou minha atenção dessa onda mortal. Um homem, com água na altura dos joelhos, próximo do reboque, gritou algo inaudível para mim e apontou. Olhei para trás e vi os outros marcianos avançando a passos largos pela margem do rio, rumo a Chertsey. Os disparos dos canhões de Shepperton desta vez foram inúteis.

Decidi mergulhar no mesmo momento e, prendendo a respiração até que qualquer movimento fosse uma agonia, avancei dolorosamente sob a superfície o máximo possível. A água agitava-se sobre mim, tornando-se cada vez mais quente.

Quando emergi para respirar um pouco e tirar o cabelo e a água dos meus olhos, o vapor subia em uma névoa branca e rodopiante que, a princípio, escondia por completo os marcianos. O barulho era ensurdecedor. Então, eu os vi vagamente, figuras cinzentas e colossais, ampliadas pela névoa. Passaram por mim, dois deles curvados sobre as ruínas espumosas e tumultuadas do camarada. O terceiro e o quarto estavam ao lado dele na água; um a aproximadamente duzentos metros de mim, o outro voltado para Laleham. Os geradores dos Raios de Calor acenavam alto, e os raios sibilantes projetavam-se de um lado para o outro.

Os sons preenchiam o ar em uma combinação ensurdecedora e confusa de barulhos: o clangor ruidoso dos marcianos, o estrondo de casas desmoronando, o baque de árvores, cercas, galpões ardendo em chamas e o crepitar e rugir do fogo. A densa fumaça negra elevou-se, misturando-se ao vapor do rio e, conforme o Raio de Calor oscilava de um lado para o outro sobre Weybridge, lampejos de branco incandescentes marcavam seu impacto, dando lugar a uma dança enfumaçada de chamas escabrosas. As casas mais próximas permaneciam intactas, aguardando o destino, sombrias, fracas e pálidas em meio à névoa, enquanto o fogo atrás delas se agitava.

Paralisado ali por um momento, com a água quase fervente no peito, estarrecido com a situação e sem esperança de escapar, vi, em meio ao fedor, as pessoas que estavam comigo no rio saindo da água através dos juncos – como sapos saltando pela grama ao fugir de alguém – ou correndo de um lado para o outro em total desespero ao longo da trilha de reboque.

Então, de repente, os lampejos brancos do Raio de Calor vieram em minha direção. As casas desabaram, dissolvendo-se ao toque, restando apenas chamas; as árvores transformaram-se em fogo com um rugido. O raio tremulou para cima e para baixo na trilha de reboque, dizimando as pessoas que corriam desesperadas, e seguiu descendo pela beira do rio até estar a menos de cinquenta metros de mim. Então, atravessou o rio até Shepperton, e a água fervia em seu rastro, emitindo vapor. Virei-me para a margem.

No momento seguinte, uma onda gigantesca, quase em ponto de ebulição, avançou em minha direção. Gritei alto ao ser escaldado, e momentaneamente cego, agonizando, cambaleei pela água agitada e sibilante até a costa. Se tivesse tropeçado, seria o fim. Caí desamparado, à vista dos marcianos, na península larga e exposta de cascalho que marcava o ângulo dos rios Wey e Tâmisa. E esperei a morte.

Lembro-me vagamente do pé de um marciano a alguns metros da minha cabeça, seguindo rumo ao cascalho solto, rodopiando de um lado para o outro e levantando-se mais uma vez; após um longo suspense, recordo-me dos quatro marcianos carregando os restos do outro camarada entre eles, ora nítidos, ora nublados por um véu de fumaça, recuando interminavelmente, como se cruzando uma vasta extensão de rio e prado. E então, devagar, percebi que, por um milagre, eu escapara.

XIII
COMO ENCONTREI COM O PÁROCO

Depois de receber essa súbita lição sobre o poder das armas terrestres, os marcianos retornaram à posição original em Horsell Common; e, apressados e sobrecarregados com os destroços do companheiro despedaçado, sem dúvida ignoraram muitas vítimas, tão perdidas e insignificantes como eu. Caso tivessem abandonado o camarada e continuado, naquele momento não haveria nada, exceto pelas baterias de canhões de doze libras, entre eles e Londres, e certamente chegariam à capital antes das notícias de sua aproximação; apareceriam de modo tão repentino, terrível e destrutivo quanto o terremoto que destruiu Lisboa há um século.

Os marcianos, porém, não tinham pressa. Cilindro após cilindro partia para a viagem interplanetária; a cada vinte e quatro horas, chegavam mais reforços. Enquanto isso, autoridades militares e navais, agora completamente cientes do imenso poder do inimigo, trabalhavam com energia furiosa. A cada minuto, havia um novo canhão posicionado, até que, ao anoitecer, todos os bosques e todas as casas suburbanas nas encostas das montanhas de Kingston e Richmond escondiam um focinho preto na expectativa. E pelo terreno carbonizado e desolado estendendo-se por cerca de trinta quilômetros quadrados ao redor do acampamento marciano em Horsell

Common, pelos vilarejos incinerados e arruinados entre as árvores verdes, pelas arcadas enegrecidas e fumegantes que apenas um dia antes haviam sido pinheiros, estavam os dedicados batedores que, com os heliógrafos, avisavam os artilheiros da aproximação marciana. No entanto, naquele momento os marcianos compreendiam nossa artilharia e o perigo da proximidade humana, de modo que ninguém se aventurava além de dois quilômetros de cada cilindro, senão pagaria com a vida.

Os gigantes passaram boa parte da tarde indo e voltando, transferindo tudo do segundo e do terceiro cilindros – o segundo no campo de golfe de Addlestone e o terceiro em Pyrford – para a cratera original em Horsell Common. Assomando sobre a urze enegrecida e sobre as edificações em ruínas que se estendiam por toda parte, havia um marciano de sentinela; os outros abandonaram as vastas máquinas de guerra e desceram para a cratera. Trabalharam duro durante toda a noite, e a imponente coluna de fumaça verde que subia dali podia ser vista das colinas próximas a Merrow, e até, segundo se diz, de Banstead e Epsom Downs.

Enquanto atrás de mim os marcianos se preparavam para a próxima investida e à minha frente a humanidade se organizava para a batalha, segui, à custa de infinitas dores e muito esforço devido à fumaça do incêndio de Weybridge, a caminho de Londres.

Ao ver um barco abandonado, pequenino e distante, flutuando rio abaixo, livrei-me da maior parte de minhas roupas encharcadas, fui atrás dele e o alcancei, escapando da destruição. Não havia remos no barco, mas usei minhas mãos para descer o rio em direção a Halliford e Walton, avançando vagarosamente e sempre olhando para trás. Segui o rio, acreditando que, caso os gigantes retornassem, a água seria minha melhor chance de fugir.

A água quente após o colapso do marciano fluía rio abaixo comigo, de modo que durante quase um quilômetro mal enxerguei as margens. Em determinado momento, porém, vi uma série de figuras negras correndo pelas pradarias no sentido de Weybridge. Halliford, ao que parecia, estava deserta, e várias casas de frente para o rio ardiam em chamas. Estranhei ver aquele lugar tão tranquilo e desolado sob o céu azul, enquanto a fumaça subia em pequenos fios serpenteantes direto para o calor da tarde. Jamais vira casas queimando sem uma multidão perturbadora acompanhando a cena. Um pouco mais adiante, notei que os juncos secos da margem fumegavam e brilhavam; uma linha de fogo ardia constantemente em um campo de feno.

Dolorido e cansado depois da violência que enfrentara e pelo intenso calor sobre a água, permaneci à deriva por um longo tempo. Então, meus medos me dominaram mais uma vez, e retomei as remadas. O sol castigava-me as costas nuas. Por fim, quando vislumbrei a ponte de Walton depois da curva, a febre e a fraqueza superaram meus medos. Lancei-me na margem do Middlesex e deitei-me, mortalmente exausto, em meio à grama alta, por volta de quatro ou cinco horas. Logo me levantei, caminhei cerca de oitocentos metros sem encontrar uma alma e depois me deitei de novo na sombra de uma sebe. Lembro-me vagamente de ter falado comigo mesmo durante esse último trecho. Também sentia muita sede e lamentava não ter bebido mais água. Curiosamente, peguei-me com raiva de minha esposa; não há explicação para isso, mas meu desejo e minha impotência de alcançar Leatherhead me preocupavam em excesso.

Não me lembro com clareza da chegada do curador, de modo que é provável que eu tenha adormecido. Tomei consciência dele ao notar uma figura sentada, com uma camisa manchada de fuligem. Tinha o rosto barbeado e virado para cima; observava uma fraca oscilação dançante no céu. Era o que chamam de céu empedrado: fileiras e fileiras de nuvens juntas e pequenas, tingidas com o pôr do sol do solstício de verão.

Sentei-me e, com o som do meu movimento, o homem olhou para mim depressa.

— Você tem água? — perguntei abruptamente.

Ele balançou a cabeça.

— Você está pedindo água há uma hora — informou-me.

Por um momento, permanecemos em silêncio, avaliando um ao outro. Ouso dizer que ele me achou uma figura bastante estranha — despido, exceto pelas calças e meias encharcadas, queimado, com o rosto e ombros enegrecidos pela fumaça. O rosto do homem parecia muito debilitado, o queixo estava retraído, e os cachos quase louros caíam-lhe sobre a testa baixa; seus olhos eram grandes, de um azul-claro e inexpressivos. De repente, ele falou, olhando vagamente para longe.

— O que significa tudo isso? O que essas coisas significam?

Eu o encarei sem responder.

Ele estendeu a mão branca e frágil e falou quase num tom de queixa.

— Por que essas coisas acontecem? Que pecados cometemos? A missa da manhã tinha terminado, eu caminhava pela rua para clarear a mente para a tarde, e então... fogo, terremoto, morte! Como se fosse Sodoma e Gomorra! Todo o nosso trabalho destruído, todo o trabalho... O que são esses marcianos?

— O que somos nós? — perguntei-lhe, limpando a garganta.

Ele agarrou os joelhos e virou-se para me olhar novamente. Permanecemos em silêncio por cerca de meio minuto.

— Estava caminhando pela rua para clarear a mente — ele disse. — E de repente... fogo, terremoto, morte!

Então, ficou em silêncio, com o queixo agora quase encostando nos joelhos.

Em seguida, passou a acenar com a mão.

— Todo o trabalho... as escolas dominicais... O que fizemos? Por que Weybridge? Tudo foi destruído... está tudo acabado. A igreja! Nós a reconstruímos três anos atrás. Destruída! Despedaçada!

Por quê? – Outra pausa, e então recomeçou, como um louco. – A fumaça que dela parte sobe pelos séculos dos séculos! – gritou.

Seus olhos ardiam e ele apontou um dedo magro na direção de Weybridge.

A essa altura, eu começava a julgá-lo. A enorme tragédia da qual ele escapara – evidentemente se tratava de um sobrevivente de Weybridge – o levara ao limite da razão.

– Estamos longe de Sunbury? – perguntei, em tom objetivo.

– O que vamos fazer? – ele questionou. – Será que essas criaturas estão por toda parte? A Terra foi entregue a elas?

– Estamos longe de Sunbury?

– Hoje eu celebrei uma missa logo cedo...

– As coisas mudaram – falei baixinho. – O senhor precisa manter a cabeça no lugar. Ainda há esperança.

– Esperança!

– Sim. Há esperança... apesar de toda essa destruição!

Expliquei-lhe minhas considerações sobre nossa posição. A princípio, ele escutou, mas, enquanto eu falava, o interesse que brotara em seus olhos deu lugar à vagueza anterior, e o homem desviou a atenção de mim.

– Este deve ser o começo do fim – ele me interrompeu. – O fim! O grande e terrível dia do Senhor! Quando os homens convocarão as montanhas e as pedras para caírem sobre eles e escondê-los... escondê-los da face d'Aquele que está sentado no trono!

Compreendi a situação, então suspendi meu raciocínio, esforcei-me para ficar de pé, e coloquei minha mão em seu ombro.

– Seja homem! – falei. – O senhor está morrendo de medo! De que serve a religião se sua fé desmoronar sob a catástrofe? Pense nos estragos à humanidade de terremotos e inundações, guerras e vulcões! Achou que Deus pouparia Weybridge? Ele não é um corretor de seguros.

Por um tempo, o homem permaneceu em silêncio.

– Mas como vamos sobreviver? – perguntou abruptamente. – Eles são invencíveis, impiedosos.

– Nem um, nem outro – respondi. – E, quanto mais poderosos eles forem, mais sãos e cautelosos devemos ser. Um deles foi morto há umas três horas.

– Morto! – ele exclamou, olhando ao redor. – Como os ministros de Deus podem ser mortos?

– Eu vi. – Contei-lhe o que testemunhara. – Já sofremos e suportamos o pior.

– O que é esse brilho no céu? – ele perguntou de súbito.

Informei-lhe que era a sinalização heliográfica – a ajuda e os esforços humanos no alto.

– Estamos no meio do conflito, apesar de tudo parecer tranquilo agora. Esse brilho anuncia a tempestade se aproximando. Mais além, acho que são os marcianos, e na direção de Londres, onde aquelas colinas se erguem sobre Richmond e Kingston cobertas pelas árvores, pessoas levantam fortificações e posicionam canhões. Logo os marcianos estarão aqui de novo.

Enquanto eu falava, o homem se levantou e me interrompeu com um gesto.

– Ouça! – ele disse.

Do outro lado das colinas baixas, através da água, ouvimos o eco sombrio de canhões distantes seguido de um choro estranho e remoto. Então, tudo silenciou. Um barqueiro aproximou-se zumbindo sobre a cerca e passou por nós. No oeste, a lua crescente pairava fraca e pálida acima da fumaça de Weybridge e Shepperton e do calor e esplendor do pôr do sol.

– É melhor seguirmos por aqui – sugeri. – Para o norte.

XIV

EM LONDRES

Em Londres, meu irmão mais novo estudava medicina e preparava-se para um exame iminente quando os marcianos chegaram a Woking; não ouviu nada sobre eles até sábado de manhã. Os jornais da manhã desse dia continham, além de longos artigos especiais sobre Marte, a vida nos planetas e assim por diante, um telegrama confuso, de brevidade impressionante.

Segundo as matérias, os marcianos, alarmados com a aproximação de uma multidão, haviam matado várias pessoas com uma arma de fogo rápida. O final do telegrama mostrava as seguintes palavras: "Por mais formidáveis que pareçam, os marcianos não saíram da cratera em que caíram e, de fato, parecem incapazes de fazê-lo. Talvez isso se deva à força relativa da energia gravitacional da Terra". O editor expandira o texto muito confortavelmente.

Todos os alunos da turma de biologia da escola preparatória, onde meu irmão estivera naquele dia, mostraram-se muito interessados, mas nas ruas não havia sinais de excitação incomum. Os jornais da tarde distribuíam fragmentos de notícias sob grandes manchetes. Até as oito, não relataram nada além do movimento das tropas sobre o baldio e do incêndio nos pinhais entre Woking e Weybridge. Então, o *St. James's Gazette* noticiou em edição extraespecial que a comunicação telegráfica fora interrompida devido à queda de alguns pinheiros em chamas na linha. Nada mais se sabia sobre a batalha daquela noite, a noite em que fui a Leatherhead e de lá retornei.

Meu irmão não se preocupou por nós, pois, segundo os jornais, o cilindro jazia a mais de três quilômetros da minha casa. Então decidiu me visitar naquela noite para ver aquelas Coisas antes que fossem mortas, como ele mesmo disse. Enviou-me um telegrama, que nunca chegou a mim, por volta das quatro horas, e passou a noite em uma casa de espetáculos.

No sábado à noite, caiu uma tempestade em Londres, e meu irmão chegou a Waterloo em um táxi. Esperara o trem da meia-noite na plataforma usual, mas lhe informaram que os trens não chegavam a Woking devido a um acidente cuja natureza ele não conseguiu descobrir; de fato, as autoridades ferroviárias não sabiam claramente o que estava acontecendo naquele momento. Havia pouco movimento na estação, pois os funcionários, imaginando que o problema não passava de uma pane no entroncamento de Byfleet e Woking, redirecionavam os trens que em geral passavam por Woking para Virginia Water ou Guildford. Ocupavam-se tomando as providências necessárias para alterar a rota das excursões da Liga Dominical para Southampton e Portsmouth. O repórter de um jornal noturno, confundindo meu irmão com o gerente de tráfego, com quem ele apresenta ligeira semelhança, tentou entrevistá-lo. Poucas pessoas, exceto os oficiais da ferrovia, ligaram a pane aos marcianos.

Em outro relato desses eventos, li que na manhã de domingo "Londres inteira ficou eletrizada com as notícias de Woking". De fato, nada justificava essa frase extravagante. Muitos londrinos não tinham ouvido sobre os marcianos até o pânico da segunda-feira de manhã. Os que sabiam levaram algum tempo para compreender tudo o que os telegramas redigidos às pressas, noticiados nos jornais de domingo, transmitiam. A maioria, porém, não lê jornais de domingo.

Além disso, os londrinos têm uma ideia de segurança pessoal tão profundamente arraigada, e informações espantosas são tão comuns nos jornais, que leram sem nada temer: "Por volta das sete horas da noite passada, os marcianos saíram do cilindro e, movendo-se sob uma armadura de escudos metálicos, destruíram completamente a estação de Woking e as casas adjacentes, massacrando um batalhão inteiro do regimento de Cardigan. Detalhes não são conhecidos. Metralhadoras foram absolutamente inúteis contra as armaduras; os marcianos neutralizaram as peças de artilharia. Hussardos dispararam a galope para Chertsey. Os alienígenas parecem se mover lentamente para Chertsey ou Windsor. Uma grande comoção prevalece em West Surrey, e fortificações estão sendo erguidas para conter o avanço deles até Londres". Foi assim que o *Sunday Sun* reportou os eventos, e o *Referee* logo publicou um artigo bastante explicativo e inteligente comparando o caso a um vilarejo sendo invadido por animais de zoológico.

Ninguém em Londres sabia a natureza dos marcianos blindados, e ainda havia uma ideia fixa de que esses monstros seriam lentos: "rastejantes" e "arrastando-se com dificuldade" eram as expressões correntes em quase todos os artigos. Nenhum dos telegramas teria sido escrito por uma testemunha ocular dos avanços marcianos. À medida que novas informações chegavam, os jornais de domingo imprimiram edições extras – ou publicaram até mesmo sem as informações. No entanto, não havia praticamente mais nada a dizer até o final da tarde, quando as autoridades informaram novas notícias à imprensa. Afirmou-se que a população de Walton e Weybridge e todo o distrito se espalhavam pelas estradas de Londres, e isso era tudo.

Ainda alheio ao que acontecera na noite anterior, meu irmão foi à igreja do Foundling Hospital pela manhã, onde ouviu menções à invasão e uma oração especial pela paz. Ao deixar o local, comprou uma edição do *Referee*. As notícias o alarmaram, e ele seguiu novamente até a estação de Waterloo para descobrir se a comunicação fora restaurada. Os ônibus, carruagens, ciclistas e inúmeras pessoas perambulando com suas melhores roupas pareciam pouco afetados pela estranha informação que os jornaleiros divulgavam. As pessoas estavam apenas interessadas, ou, se alarmadas, por solidariedade aos moradores locais. Na estação, ele ouviu pela primeira vez que as linhas para Windsor e Chertsey encontravam-se interditadas. Os carregadores disseram-lhe que vários telegramas importantes haviam sido recebidos pela manhã nas estações de Byfleet e Chertsey, mas elas não estavam funcionando. Meu irmão não conseguiu extrair muitos detalhes deles.

"Há uma batalha ocorrendo em Weybridge" era o máximo de informação que obtinha. O serviço de trem estava muito desorganizado. Na estação, um grande número de pessoas esperava amigos do sudoeste da cidade. Um senhor de cabelos grisalhos aproximou-se de meu irmão e criticou amargamente a South-Western Company. "Só querem dinheiro", falou.

Um ou outro trem vindos de Richmond, Putney e Kingston traziam pessoas que haviam saído para passar o dia no barco e toparam com portas fechadas e uma sensação de pânico no ar. Um homem de blazer azul e branco falou com meu irmão sobre notícias estranhas.

– Há uma multidão entrando em Kingston em charretes e outros veículos, trazendo baús com objetos de valor e tudo mais – disse o desconhecido. – Estão vindo de Molesey, Weybridge e Walton, e dizem que ouviram canhões em Chertsey, além de tiroteios pesados, e que soldados montados lhes mandaram evacuar imediatamente porque os marcianos estão chegando. Ouvimos canhões na estação de Hampton Court, mas pensamos que era só um trovão. O que diabos significa tudo isso? Os marcianos não conseguem sair da cratera, não?

Meu irmão não sabia a resposta.

Mais tarde, descobriu que a vaga sensação de temor se espalhara para os passageiros da ferrovia subterrânea, e que os excursionistas de domingo retornavam de toda a região do sudoeste – Barnes, Wimbledon, Richmond Park, Kew e assim por diante – muito mais cedo que o de costume; nenhuma alma, porém, trazia algo além de boatos vagos. Todos no terminal pareciam mal-humorados.

Por volta das cinco horas, a multidão reunida na estação empolgou-se imensamente com a abertura da linha de comunicação, quase invariavelmente fechada, entre as estações do sudeste e do sudoeste, bem como com a passagem dos trens de carga abarrotados de soldados e canhões imensos. Os canhões vinham de Woolwich e Chatham para proteger Kingston. Houve troca de gentilezas: "Vocês serão comidos!", "Somos domadores de feras!" e assim por diante. Pouco tempo depois, um esquadrão de polícia entrou na estação e começou a evacuar o público das plataformas, e meu irmão voltou para a rua.

Os sinos da igreja tocaram durante toda a noite, e um grupo de moças do Exército da Salvação veio cantando pela Waterloo Road. Na ponte, vários desocupados observavam uma curiosa espuma marrom que flutuava pelo riacho. O sol já se punha, e a Torre do Relógio e as Casas do Parlamento se erguiam contra um dos céus mais pacíficos que se pode imaginar; um céu de ouro, tingido por longas faixas transversais de nuvens roxo-avermelhadas. Falava-se de um corpo flutuando na água. Um dos homens, que se dizia um reservista, contou ao meu irmão que tinha visto o heliógrafo piscando no oeste.

Na Wellington Street, meu irmão conheceu alguns valentões que vinham correndo da Fleet Street com jornais ainda molhados e cartazes espalhafatosos.

– Catástrofe terrível! – eles gritavam um para o outro na rua. – Batalha em Weybridge! História completa! Marcianos retaliam! Londres em perigo! – Ele gastou três pence por uma cópia desse jornal.

Foi nesse momento que ele compreendeu um pouco do poder e terror daqueles monstros. Soube que não se tratava apenas de um punhado de criaturinhas lentas, mas de mentes inteligentes dotadas de vastos corpos mecânicos, capazes de se mover rapidamente e golpear com tanta força que nem as armas mais poderosas resistiam a elas.

Eram descritos como "imensas máquinas semelhantes a aranhas, com quase trinta metros de altura, capazes de atingir a velocidade de um trem expresso e de disparar um feixe de calor intenso". Havia baterias camufladas, principalmente peças de artilharia, posicionadas na área de Horsell Common, especialmente entre o distrito de Woking e Londres. Cinco das máquinas foram vistas se movendo em direção ao Tâmisa, e uma delas, felizmente, fora destruída. Nos outros casos, as granadas tinham errado o alvo e as baterias haviam sido aniquiladas pelos Raios de Calor. Mesmo com inúmeras baixas de soldados, o tom do desfecho se mantinha otimista.

Os marcianos não eram invulneráveis, haviam recuado, retirando-se para o triângulo de cilindros novamente, na área de Woking. Sinalizadores com heliógrafos os pressionavam de todos os lados. Os canhões estavam em trânsito rápido de Windsor, Portsmouth, Aldershot, Woolwich e até mesmo do norte; entre eles, longos canhões de noventa e cinco toneladas de Woolwich. Ao todo, cento e dezesseis estavam em posição ou sendo posicionados às pressas, protegendo principalmente Londres. Nunca antes na Inglaterra ocorrera uma concentração tão vasta ou rápida de artilharia militar.

Esperava-se que quaisquer outros cilindros pudessem ser destruídos de imediato pelos poderosos explosivos rapidamente fabricados e distribuídos. Sem dúvida, dizia o artigo, a situação era das mais estranhas e graves, mas o público foi exortado a evitar e desencorajar o pânico. Embora os marcianos fossem, sem dúvida, bizarros e terríveis ao extremo, não havia mais de vinte deles contra nossos milhões.

Pelo tamanho dos cilindros, as autoridades supunham que não haveria mais do que cinco marcianos em cada, quinze no total. E ao menos um fora destruído, talvez mais. O público seria avisado da aproximação do perigo, e já havia medidas para proteger a população dos subúrbios ameaçados do sudoeste. E assim, com a garantia de que Londres estava segura e de que as autoridades lidariam com a dificuldade, essa quase declaração se encerrava.

A edição, impressa em tipos enormes e tão fresca, ainda estava molhada, e não houve tempo para adicionar comentários. Segundo meu irmão, era curioso ver que o conteúdo usual do jornal havia sido implacavelmente cortado em detrimento dessa matéria.

Por toda a Wellington Street, viam-se pessoas folheando os jornais e lendo, e a Strand tornou-se repentinamente barulhenta com as vozes de um exército de vendedores ambulantes seguindo esses pioneiros. Homens desciam correndo dos ônibus para conseguir cópias. Tais notícias certamente entusiasmaram bastante as pessoas antes indiferentes. As persianas de uma loja de mapas na Strand foram retiradas, e um homem com as roupas de domingo e luvas amarelo-limão fixava mapas de Surrey no vidro às pressas.

Seguindo pela Strand até a Trafalgar Square com o jornal na mão, meu irmão viu alguns dos sobreviventes de West Surrey, dentre os quais um homem com a esposa, dois meninos e alguns móveis em uma charrete semelhante à usada pelos verdureiros. Ele estava vindo da Westminster Bridge; logo atrás vinha uma carroça de feno com cinco ou seis pessoas respeitáveis e algumas caixas e pacotes. O rosto dos viajantes estava abatido, e a aparência contrastava ostensivamente com as pessoas em suas melhores vestes de passeio dentro dos ônibus. Dos táxis, as figuras em roupas da moda os espiavam. O grupo parou na praça como se não soubesse qual caminho seguir e, por fim, virou para o leste ao longo da Strand. Atrás dele, vinha um homem em roupas de trabalho, em um daqueles triciclos antiquados com uma pequena roda dianteira. Estava sujo e pálido.

Meu irmão virou-se para a Victoria e viu várias pessoas assim. Sentiu que talvez pudesse me ver por ali também. Havia um número incomum de policiais controlando o tráfego. Alguns dos refugiados trocavam notícias com as pessoas nos ônibus. Um afirmava ter visto os marcianos. "Eram como caldeiras sobre palafitas, eu lhe digo, caminhando como homens." A maioria parecia animada e agitada ante a estranha experiência deles.

Além da Victoria, as tabernas estavam repletas com a chegada dessa multidão. Em todas as esquinas, pessoas liam jornais, conversavam animadamente ou observavam os visitantes incomuns desse domingo, os quais aumentavam à medida que a noite caía, até que, de acordo com meu irmão, as estradas ficaram parecendo a Epsom High Street em um dia de Derby. Ele falou com vários desses fugitivos, mas só obteve respostas insatisfatórias.

Nenhum deles tinha notícias de Woking, exceto um homem, que garantiu que o vilarejo fora completamente destruído na noite anterior.

– Estou vindo de Byfleet – contou ele. – De manhã cedo, um homem de bicicleta correu de porta em porta nos mandando evacuar. Então, vieram os soldados. Saímos para olhar e havia nuvens de fumaça ao sul... Nada além de fumaça, e nenhuma alma vindo por ali. Depois, ouvimos os canhões em Chertsey, e várias pessoas chegando de Weybridge. Daí, abandonei minha casa, e foi isso.

A essa altura, pairava pelas ruas um forte ressentimento para com as autoridades pela incapacidade de acabar com os invasores sem todo esse inconveniente.

Por volta das oito horas, um estrondo de artilharia pesada tornou-se nitidamente audível em todo o sul de Londres. Meu irmão não conseguiu ouvir em meio ao tráfego nas vias principais, mas, ao atravessar as tranquilas ruas secundárias até o rio, o ruído ficou bastante claro.

Por volta das dez horas, ele caminhou de Westminster até seu apartamento perto do Regent's Park. Estava muito preocupado comigo e perturbado com a evidente magnitude do problema. Sua mente tendia a se voltar para os detalhes militares, assim como a minha fizera no sábado. Pensou em todos aqueles canhões silenciosos à espera, no interior subitamente nômade; tentou imaginar "caldeiras sobre palafitas" de trinta metros de altura.

Havia uma ou outra carroça de refugiados na Oxford Street e várias na Marylebone Road, mas as notícias se espalhavam tão lentamente que a Regent Street e Portland Place continuavam repletas de seus costumeiros visitantes de domingo à noite, embora conversassem em grupos. Ao longo dos limites do Regent's Park, os casais de sempre "caminhavam" juntos silenciosamente sob as lamparinas a gás. Fazia uma noite quente e calma e um pouco opressiva; o som de canhões continuou intermitentemente e, depois da meia-noite, parecia haver relâmpagos difusos ao sul.

Meu irmão leu e releu o jornal, temendo que o pior tivesse acontecido comigo. Sentia-se inquieto, e, após o jantar, perambulou novamente sem rumo até que retornou e tentou em vão focar em suas anotações para o exame. Foi para a cama um pouco depois da meia-noite, mas o som de batidas nas portas, pés correndo pela rua, marteladas distantes e um clamor de sinos arrancaram-no de sonhos horríveis nas primeiras horas da segunda-feira. Reflexos vermelhos dançavam no teto. Por um momento, assustado, perguntou-se se já era dia ou se o mundo estava louco. Então, saltou da cama e correu para a janela.

Como dormia no sótão, ao colocar a cabeça para fora e observar ao redor, ouviu uma dúzia de ecos no caixilho da janela, e outras cabeças confusas surgiram no meio da noite. Pessoas berravam.

– Estão chegando! – gritou um policial, batendo na porta. – Os marcianos estão chegando! – E correu para a porta ao lado.

Os tambores e trombetas vinham do quartel da Albany Street, e todas as igrejas próximas trabalhavam duro para acabar com o sono da população com seus veementes e desordenados sinos. Houve um barulho de portas se abrindo e, nas casas do outro lado, janela após janela se escancarou para a luz amarela.

Subindo a rua à toda vinha uma carruagem fechada, que parou de repente na esquina; então, o ruído foi aumentando sob a janela para depois desaparecer lentamente à distância. Logo atrás, vinham duas carruagens, as precursoras de uma longa procissão de veículos apressados, seguindo em grande parte rumo à estação de Chalk Farm, onde os trens especiais do noroeste esperavam, em vez de descerem para Euston.

Meu irmão permaneceu observando pela janela por um longo tempo, espantado, vendo os policiais correndo de porta em porta, transmitindo uma mensagem incompreensível. Então, a porta atrás dele se abriu e o homem do apartamento em frente entrou, vestido apenas de camisa, calça e chinelo, os suspensórios pendendo na cintura, os cabelos desarrumados.

– O que diabos está acontecendo? – perguntou. – É um incêndio? Que inferno!

Ambos esticaram a cabeça pela janela, esforçando-se para ouvir o que os policiais gritavam. As pessoas saíam pelas ruas laterais, e conversavam nas esquinas.

– O que diabos é tudo isso? – perguntou o companheiro de alojamento do meu irmão.

Ele respondeu-lhe vagamente e começou a se vestir, parando a cada peça de roupa para correr até a janela, a fim de não perder nada da crescente excitação. Homens vendendo jornais anormalmente adiantados berravam pelas ruas:

– Londres em perigo! As defesas de Kingston e Richmond foram derrubadas! Massacre no vale do Tâmisa!

E em volta dele – nos aposentos abaixo, nas casas ao lado e do lado oposto da via, e atrás, no Park Terraces e nas centenas de outras ruas daquela parte de Marylebone, e no distrito de Westbourne Park e em St. Pancras, e a oeste e norte em Kilburn e St. John's Wood e Hampstead, e ao leste em Shoreditch, Highbury, Haggerston e Hoxton e, na verdade, por toda a vastidão de Londres, de Ealing a East Ham – as pessoas esfregavam os olhos e abriam as janelas para observar e fazer perguntas sem sentido, vestindo-se apressadamente conforme o primeiro suspiro da tempestade de medo soprava pelas ruas. Era o amanhecer do grande pânico. Londres, que fora dormir na noite de domingo inconsciente e alienada, despertou, nas primeiras horas da manhã de segunda-feira, para uma sensação vívida de perigo.

Incapaz de ver o que ocorria pela janela, meu irmão desceu para a rua, no momento em que a alvorada tingia de rosa o céu entre os parapeitos das casas. As pessoas disparavam a pé e em veículos, tornando-se mais numerosas a cada minuto.

– Fumaça preta! – gritavam. – Fumaça preta!

Era impossível não ser tomado por esse medo tão unânime. Meu irmão hesitou no degrau da porta, então viu outro jornaleiro aproximando-se e pegou um exemplar imediatamente. O homem fugia com o restante das pessoas e vendia os jornais por um xelim cada enquanto corria, em uma mistura grotesca de lucro e pânico.

Nesse artigo, meu irmão leu palavras catastróficas do comandante em chefe:

"Os marcianos são capazes de soltar enormes nuvens de vapor preto e venenoso com seus foguetes. Sufocaram nossas baterias, destruíram Richmond, Kingston e Wimbledon e avançam lentamente em direção a Londres, destruindo tudo pelo caminho. É impossível impedi-los. A única salvação para a Fumaça Negra é a fuga imediata."

Isso era tudo, mas bastava. Toda a população da cidade de 6 milhões de habitantes se agitava, escorregava, corria; logo se derramaria em massa em direção ao norte.

– Fumaça Negra! – as vozes berravam. – Fogo!

Os sinos da igreja próxima soavam estridentemente, uma charrete conduzida com negligência colidiu, em meio a gritos e xingamentos, com o bebedouro de cavalos. Luzes amarelas e diminutas iam e vinham nas casas, enquanto algumas das carruagens passando ostentavam faróis poderosos. E no alto a alvorada se tornava mais luminosa, clara, firme e calma.

Meu irmão ouviu passos apressados de um lado para o outro nos quartos, subindo e descendo as escadas. A senhoria chegou à porta, envolta em um robe e um xale desarrumado, com o marido atrás dela, gritando.

Quando meu irmão compreendeu a urgência da situação, voltou-se às pressas para o quarto, guardou todo o dinheiro que tinha nos bolsos – cerca de dez libras no total – e saiu de novo para as ruas.

XV
O QUE ACONTECEU EM SURREY

Enquanto o pároco conversava comigo, enlouquecido, sob as sebes das pradarias próximas a Halliford, e meu irmão observava os fugitivos atravessando a Westminster Bridge, os marcianos retomaram a ofensiva. Até onde se averiguava pelos relatos conflitantes apresentados, a maioria se ocupara com os preparativos em Horsell Common até as nove da noite, trabalhando com rapidez em alguma operação que emitia grandes volumes de fumaça verde.

Três, porém, certamente saíram por volta das oito horas e, avançando devagar e com cautela, atravessaram Byfleet e Pyrford em direção a Ripley e Weybridge, avistando as baterias que os aguardavam contra o sol poente. Esses marcianos não avançaram juntos, mas em uma linha, cada um a cerca de dois quilômetros do próximo companheiro. Eles se comunicavam por meio de uivos parecidos com sirenes, subindo e descendo de nota.

Foi esse uivo e o tiroteio em Ripley e St. George's Hill que ouvimos em Upper Halliford. Os artilheiros de Ripley, voluntários inexperientes que nunca deveriam ter sido colocados em tal posição, dispararam uma saraivada violenta, prematura e ineficaz, então seguiram à toda a cavalo e a pé pelo vilarejo deserto, enquanto o marciano, sem usar seu Raio de Calor, avançou serenamente sobre os canhões, caminhou com cautela, passou na frente deles e, sem querer, encontrou os canhões no Painshill Park, destruindo-os.

Os homens de St. George's Hill, no entanto, estavam mais bem preparados. Camuflados pelo pinhal, pareciam não ter sido vistos pelo marciano mais próximo. Apontaram os canhões deliberadamente como se em desfile militar, e dispararam a cerca de mil metros.

Os tiros explodiram ao redor, o marciano avançou alguns passos, cambaleou e então tombou. Todos gritaram, e os canhões foram recarregados freneticamente. O marciano caído emitiu uma ululação prolongada, e, no mesmo instante, um segundo gigante reluzente, respondendo a ele, surgiu sobre as árvores ao sul. Parece que um dos tiros atingira a perna do tripode. A segunda saraivada errou o marciano no chão, e seus dois companheiros atiraram os Raios de Calor de uma vez na bateria. A munição explodiu, os pinheiros ao redor dos canhões incendiaram, e apenas um ou outro dos homens que já corriam sobre o topo da colina escaparam.

Depois disso, os três suspenderam a ofensiva enquanto se reuniam, e os batedores que os observavam relataram que permaneceram absolutamente imóveis durante a meia hora seguinte. O marciano derrubado rastejou vagarosamente para fora da cúpula; era uma pequena figura marrom, parecendo uma mancha de ferrugem daquela distância, aparentemente compenetrada no conserto de seu mecanismo. Terminou por volta das nove, quando sua cabeça tornou-se visível acima das árvores.

Naquela noite, pouco depois das nove, essas três sentinelas se juntaram a outros quatro marcianos, cada um portando um grosso tubo preto. Entregaram um tubo semelhante aos três, e os sete começaram a se espalhar a distâncias iguais ao longo de uma linha curva entre St. George's Hill, Weybridge e o vilarejo de Send, a sudoeste de Ripley.

Assim que começaram a se mover, uma dúzia de foguetes saltou das colinas diante deles, alertando as baterias que aguardavam sobre Ditton e Esher. Ao mesmo tempo, quatro de suas máquinas de guerra atravessaram o rio, todas armadas com tubos, e duas delas, negras contra o céu ocidental, tornaram-se visíveis para mim e para o pároco, enquanto seguíamos apressados pela estrada rumo ao norte de Halliford, enfraquecidos e doloridos. Eles pareciam se mover sobre uma nuvem, pois uma névoa leitosa cobria os campos e subia a um terço da sua altura.

Ao ver essa cena, o pároco chorou fracamente e começou a correr; eu sabia que não era uma boa ideia correr de um marciano, então me afastei e rastejei pelas urtigas e arbustos cheios de orvalho até alcançar o amplo fosso ao lado da estrada. Ele olhou para trás, viu o que eu estava fazendo e juntou-se a mim.

Os dois marcianos pararam, o mais próximo de nós de pé e voltado para Sunbury, o mais distante nebuloso e cinzento contra as estrelas voltado para Staines.

Os uivos ocasionais cessaram, e eles se posicionaram em um semicírculo, com vinte quilômetros de extensão, em torno de seus cilindros em silêncio absoluto. Nunca, desde a criação da pólvora, o começo de uma batalha foi tão silencioso. Tanto para nós quanto para um observador de Ripley, a cena teria o mesmo efeito: os marcianos pareciam dominar solitariamente a noite escura, iluminada apenas pela lua crescente, pelas estrelas, pelo resquício da luz do dia e pelo brilho avermelhado de St. George's Hill e dos bosques de Painshill.

No entanto, diante do semicírculo, em todos os lugares – em Staines, Hounslow, Ditton, Esher, Ockham, atrás das colinas e florestas ao sul do rio, e pelas pradarias ao norte, e onde quer que um conjunto de árvores ou casas oferecesse cobertura suficiente –, canhões aguardavam. Durante a noite, os foguetes de sinalização estouraram e choveram faíscas que logo desapareceram, e o espírito de todos aqueles que observavam as baterias foi tomado por uma expectativa tensa. Bastaria os marcianos avançarem para a linha de fogo, e no mesmo instante aquelas formas negras e imóveis de homens, aqueles canhões brilhando tão sombriamente no início da noite, explodiriam em fúria estrondosa.

Sem dúvida, a pergunta naquelas mil mentes vigilantes, assim como na minha, continuava um enigma: o quanto eles nos conheciam? Sabiam que nós, em nossos milhões, estávamos organizados, disciplinados, trabalhando juntos? Ou interpretavam nossas rajadas de fogo, nossos ataques explosivos, nossas ofensas constantes em seu acampamento como interpretamos um ataque furioso de uma colmeia de abelhas? Será que sonhavam em nos exterminar? (Naquela época, ninguém sabia do que se alimentavam.) Enquanto observava aquela imensa sentinela, centenas de perguntas se agitavam em minha mente. E, lá no fundo, eu pensava em todas as poderosas e desconhecidas forças militares que se ocultavam até Londres. Teriam preparado armadilhas? As fábricas de pólvora em Hounslow estariam prontas? Os londrinos teriam coragem de fazer de suas casas uma Moscou mais grandiosa?

Então, depois do que nos pareceu uma espera interminável, baixinho através das sebes, ouvimos o som distante do estrondo de um canhão. Depois, outro mais próximo, e mais outro. E então, o marciano ao nosso lado levantou o tubo e o descarregou pesadamente, com um ribombar tão forte que fez o chão tremer. O canhão de Staines respondeu. Não houve clarão nem fumaça, somente uma detonação potente.

Os sucessivos disparos me empolgaram tanto que esqueci minha segurança pessoal e minhas mãos queimadas e subi na cerca a fim de olhar para Sunbury. Nesse momento, após um segundo estampido, um grande projétil disparou em direção a Hounslow. Eu esperava pelo menos ver fumaça ou fogo, ou alguma evidência disso, mas vi o céu azul profundo, com uma estrela solitária, e a névoa branca se espalhando larga e baixa. E nenhum clangor, nenhuma explosão em resposta. O silêncio foi restaurado, um minuto virou três.

– O que houve? – perguntou o pároco, colocando-se ao meu lado.

– Só Deus sabe! – respondi.

Um morcego passou e desapareceu. Um tumulto distante de gritos começou e cessou. Olhei de novo para o marciano e vi que ele se movia para o leste ao longo da margem do rio, em movimentos rápidos e circulares.

A todo momento, esperava que uma bateria escondida o atacasse, mas nada alterou a calma da noite. A figura do marciano foi diminuindo à medida que ele retrocedia, e a névoa e a escuridão da noite o engoliam. Por um impulso conjunto, subimos mais alto. Na direção de Sunbury havia algo sombrio, como se de repente uma colina em forma de cone tivesse se colocado ali, ocultando nossa visão da região mais distante; e então, em um ponto mais remoto do outro lado do rio, sobre Walton, enxergamos outro cume. Essas figuras semelhantes a montanhas tornavam-se mais baixas e largas enquanto observávamos.

Movido por uma ideia repentina, olhei para o norte e percebi que um terceiro kopje, negro e indistinto, havia surgido.

De repente, tudo silenciou. Longe, a sudeste, quebrando a quietude, os marcianos uivavam uns para os outros, e então o ar tremeu novamente com o baque distante de suas armas. A artilharia terrestre, porém, não respondeu.

Embora, naquela época, não compreendêssemos, mais tarde eu descobriria o que eram esses kopjes sinistros que se reuniam no crepúsculo. Cada um dos marcianos posicionado no grande semicírculo que descrevi lançara, por meio daquele tubo semelhante a uma pistola, uma cápsula enorme sobre todas as colinas, bosques, aglomerado de casas ou qualquer outro possível esconderijo de canhões diante deles. Alguns lançaram apenas uma, outros duas – como o marciano que tínhamos visto; diz-se que o de Ripley lançou nada menos que cinco cápsulas de uma vez. Elas bateram no chão sem explodir, e no mesmo instante liberaram um enorme volume de vapor denso e escuro, que se elevou serpenteando e formou uma imensa nuvem de ébano, uma montanha gasosa espalhando-se lentamente sobre toda a área ao redor. E o toque desse vapor, a inalação de suas mechas pungentes, significava a morte para tudo o que respira.

Após a primeira liberação tumultuada com seu impacto, essa névoa, mais pesada que a fumaça mais densa, desceu e se derramou sobre o solo em uma forma bastante líquida, deixando as colinas e adentrando os vales, fossos e cursos d'água, assim como o gás carbônico que jorra das fendas vulcânicas. Quando em contato com a água, alguma reação química ocorria, e a superfície se cobria no mesmo instante com uma espuma quebradiça, que afundava lentamente, abrindo espaço para mais. A espuma era insolúvel e o efeito do gás, imediato; o curioso é que depois se poderia beber sem perigo a água filtrada. O vapor não se alastrou como um verdadeiro gás faria, mas pairou junto às margens, fluindo lentamente pela encosta e avançando devagar com o vento, misturando-se à névoa e à umidade do ar, afundando na terra em forma de poeira. Exceto por um elemento desconhecido que nos revela um grupo de quatro linhas na parte azul do espectômetro, ainda ignoramos totalmente a natureza dessa substância.

Terminado o tumulto de sua agitada dispersão, a fumaça negra se agarrou tão perto do chão, mesmo antes de se precipitar, que a quinze metros de altura, nos telhados e nos andares superiores das casas e nas grandes árvores, havia uma chance de escapar ileso do seu veneno, como se provou naquela noite em Street Cobham e Ditton.

Um sobrevivente da fumaça contou uma história impressionante sobre a estranheza de seu fluxo serpenteante; ele olhou para baixo da torre da igreja e viu as casas do vilarejo pairando como fantasmas em meio à escuridão. Por um dia e meio, permaneceu ali, exausto, faminto e queimado pelo sol; a terra sob o céu azul era como um veludo negro contra as colinas distantes, com seus telhados vermelhos, árvores verdes e, mais além, velados por sombras, arbustos, portões, celeiros, casebres e muros surgindo aqui e ali na luz do sol.

Isso ocorreu na Street Cobham, onde o vapor preto foi absorvido por vontade própria no solo. Nos outros lugares, depois de alcançarem o objetivo, os marcianos limpavam o ar adentrando a fumaça e lançando um jato de gás no meio de tudo.

Fizeram-no com os montes de vapor perto de nós, como vimos à luz das estrelas da janela de uma casa deserta em Upper Halliford, para onde retornáramos. De lá, observamos os holofotes de Richmond Hill e Kingston Hill indo e voltando, e cerca de onze janelas sacudiram, e ouvimos o som dos enormes canhões de cerco que foram posicionados ali. Eles continuaram sem interrupção durante quinze minutos, disparando tiros aleatórios contra os marcianos invisíveis em Hampton e Ditton, e então os feixes pálidos da luz elétrica desapareceram e um fulgor intenso e vermelho os substituiu.

Até que o quarto cilindro aterrissou – um meteoro verde brilhante –, como fiquei sabendo depois, em Bushey Park. Antes que os canhões das colinas de Richmond e Kingston começassem o ataque, um outro canhão vacilou no sudoeste distante; creio que atacou ao acaso antes que o vapor preto dominasse os artilheiros.

Assim, com a mesma exatidão que humanos atacariam um ninho de vespas, os marcianos espalharam esse estranho vapor sufocante pelo território londrino. As extremidades do semicírculo se afastaram devagar, até que por fim formaram uma linha de Hanwell a Coombe e Malden. Eles avançaram com os terríveis tubos a noite toda. Depois que o marciano foi derrubado em St. George's Hill, nunca mais deram à artilharia a menor chance contra eles. Onde quer que houvesse a possibilidade de canhões estarem ocultos, uma nova cápsula de vapor preto era lançada e, onde se viam os canhões, o Raio de Calor era acionado.

À meia-noite, as árvores flamejantes ao longo das encostas do Richmond Park e o brilho de Kingston Hill lançaram sua luz sobre uma rede de fumaça negra, apagando todo o vale do Tâmisa e estendendo-se até onde os olhos alcançavam. E, em meio a tudo isso, os dois marcianos avançavam lentamente, girando os jatos de vapor sibilantes para ambos os lados.

Estavam poupando o Raio de Calor naquela noite porque tinham um suprimento limitado de material para sua produção ou por não desejarem destruir toda a região, apenas esmagar e vencer a oposição que haviam despertado. Quanto a esse último objetivo, eles certamente tiveram sucesso. Na noite de domingo, ocorreu o fim da resistência organizada. Depois disso, dada a situação desesperadora, mais nenhum homem se opôs. Até as tripulações dos torpedeiros e destróieres que subiram o Tâmisa com atiradores rápidos se recusaram a parar, amotinaram-se e então voltaram. A única operação ofensiva em que os homens se aventuraram depois daquela noite foi a preparação de minas e armadilhas, e mesmo assim realizaram um trabalho frenético e espasmódico.

É preciso imaginar, da melhor maneira possível, o destino dessas baterias voltadas para Esher, esperando na tensão do crepúsculo. Não havia sobreviventes. Pode-se visualizar a expectativa ordeira, os oficiais alertas e vigilantes, os artilheiros prontos, a munição empilhada à mão, os ágeis atiradores com cavalos e carroças, os grupos de espectadores civis tão perto quanto podiam, a quietude da noite, as ambulâncias e tendas de emergência com os queimados e feridos de Weybridge; e então a ressonância sombria dos tiros disparados pelos marcianos e o projétil desajeitado girando sobre as árvores e casas e desabando nos campos vizinhos.

Pode-se visualizar, também, a mudança repentina de atenção, as espirais espalhando-se rapidamente e as ondulações daquela escuridão avançando de modo desenfreado, elevando-se no céu, tingindo o crepúsculo de uma escuridão palpável, um estranho e horrível oponente de vapor que derrubava suas vítimas, os homens e cavalos próximos se turvando, correndo, caindo de cabeça, gritando desesperados, as armas repentinamente abandonadas, as pessoas sufocando e se contorcendo no chão, e a rápida expansão do opaco cone de fumaça. Até que só havia noite e aniquilamento – nada além de uma massa silenciosa de vapor impenetrável escondendo seus mortos.

Antes do amanhecer, o vapor negro derramou-se pelas ruas de Richmond, e o organismo arruinado que era o governo fazia seus últimos esforços na tentativa de despertar a população de Londres para a necessidade de fuga.

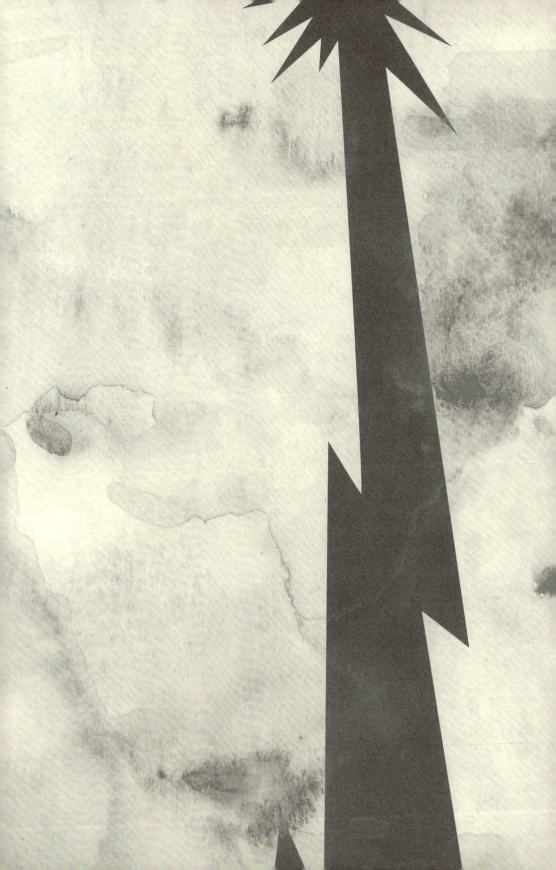

XVI
O ÊXODO DE LONDRES

É possível entender a onda estrondosa de medo que varreu a maior cidade do mundo quando a segunda-feira amanheceu – o fluxo de uma multidão em fuga transformando-se rapidamente em uma torrente, empurrando-se em um tumulto espumante ao redor das estações ferroviárias, todos aglomerados em horríveis disputas sobre as embarcações no Tâmisa, apressando-se pelos canais disponíveis para o norte e para o leste. Às dez horas, os oficiais de polícia começavam a perder coerência, forma e eficiência e, ao meio-dia, foi a vez dos oficiais ferroviários. Estavam todos se esvaindo, fragmentando-se, perdendo-se naquela liquefação rápida do corpo social.

Em razão de todas as linhas ferroviárias ao norte do Tâmisa e de os funcionários da linha Sudeste na Cannon Street terem sido alertados sobre o caos à meia-noite do domingo, os trens estavam abarrotados. As pessoas envolveram-se em disputas violentas por lugares em pé nos vagões até as duas horas. Às três, havia gente sendo pisoteada e esmagada, mesmo na Bishopsgate Street, a algumas centenas de metros da estação da Liverpool Street; revólveres foram disparados, pessoas foram esfaqueadas, e os policiais enviados para direcionar o tráfego, exaustos e enfurecidos, golpeavam a cabeça das pessoas a quem deviam proteger.

E, à medida que o dia avançava e os maquinistas e foguistas se recusavam a retornar a Londres, a pressão da fuga levou multidões cada vez maiores às estações para as estradas que seguiam rumo ao norte. Ao meio-dia, um marciano havia sido visto em Barnes, e uma nuvem de vapor preto que afundava devagar percorreu o Tâmisa e atravessou os apartamentos de Lambeth, interditando a rota de fuga daqueles que avançavam com lentidão sobre as pontes. Outra nuvem de gás seguiu para Ealing e cercou uma pequena ilha de sobreviventes em Castle Hill; estavam vivos, mas impossibilitados de escapar.

Depois de uma briga inútil para embarcar em um trem da linha Noroeste na Chalk Farm – os motores dos trens que haviam sido carregados no pátio de mercadorias lavravam caminho entre as pessoas que gritavam, e uma dúzia de homens robustos precisou lutar para impedir que a multidão esmagasse o maquinista contra a fornalha –, meu irmão emergiu na estrada da Chalk Farm, esquivou-se por um amontoado de veículos apressados e teve a sorte de estar entre os primeiros no saque a uma loja de bicicletas. O pneu dianteiro da que ele pegou furou ao ser arrastada pela janela, mas ele se levantou e seguiu assim mesmo, apesar de tudo, sem mais ferimentos que um pulso cortado. A ladeira íngreme de Haverstock Hill estava intransitável devido a vários cavalos caídos, então meu irmão entrou na Belsize Road.

Depois, ele conseguiu se livrar da fúria do pânico e, contornando a Edgware Road, chegou a Edgware por volta das sete, faminto e cansado, mas bem à frente da multidão. Ao longo da estrada, pessoas paradas, curiosas, hesitantes. Ele passou por vários ciclistas, alguns cavaleiros e dois automóveis, até que, a menos de dois quilômetros de Edgware, o aro da roda quebrou e a bicicleta ficou irrecuperável. Largando-a na beira da estrada, meu irmão caminhou pelo vilarejo, vislumbrando lojas parcialmente abertas na rua principal, e pessoas aglomeradas na calçada, nas portas e janelas, observando espantadas a extraordinária procissão de fugitivos que estava começando. Ele conseguiu comer em uma pousada.

Por um tempo, permaneceu em Edgware, sem saber o que fazer. A horda de fugitivos aumentava sem parar. Muitos deles, como meu irmão, pareciam inclinados a ficar ali, onde não havia notícias sobre os invasores marcianos.

Naquela hora, a estrada, ainda que cheia, estava livre de congestionamentos. A maioria dos fugitivos seguia em bicicletas, mas logo surgiram carros a motor, táxis e carruagens, a poeira pairando em nuvens pesadas ao longo do caminho para St. Albans.

Talvez tenha lhe ocorrido uma vaga ideia de ir até Chelmsford, onde moravam alguns de seus amigos, o que finalmente o impeliu a entrar em uma pista tranquila e correr para o leste. Logo deparou-se com uma cerca e, atravessando-a, seguiu uma trilha para o nordeste. Passou por várias casas de fazenda e alguns vilarejos cujos nomes não memorizou. Havia poucos fugitivos no caminho até que, em uma estrada para High Barnet, encontrou duas mulheres que se tornaram companheiras de viagem. Ele chegou bem a tempo de salvá-las.

Tinha ouvido os gritos de ambas e saíra correndo; na esquina, dois homens lutavam para arrancá-las da pequena charrete em que estavam, enquanto um terceiro segurava com dificuldade a cabeça do pônei assustado. Uma das mulheres, baixa e vestida de branco, estava simplesmente gritando; a outra, morena e esbelta, golpeava com um chicote que brandia na mão livre o homem que a agarrava pelo braço.

Meu irmão, entendendo de imediato a situação, gritou e correu até elas. Um dos homens desistiu da mulher e virou-se para ele, e meu irmão, ao notar pela expressão facial do seu adversário a inevitabilidade da luta, e como boxeador experiente que era, avançou sobre o sujeito e o jogou contra a roda da charrete.

Não era o momento para cavalheirismo pugilista, e meu irmão o calou com um chute e agarrou pela gola o homem que segurava o braço da dama esbelta. Ele ouviu o barulho de cascos, o chicote queimando-lhe o rosto, um terceiro oponente atingindo-o entre os olhos, e o homem que ele agarrava se libertou e desceu a pista na direção de onde viera.

Parcialmente atordoado, viu-se diante do sujeito que prendia a cabeça do pônei e notou que a charrete se afastava dele na pista, chacoalhando de um lado para o outro; as mulheres olhavam para trás. O homem, bastante corpulento, tentou golpeá-lo, mas foi detido com um soco na cara. Então, percebendo que estava sozinho, esquivou-se e saiu pela alameda na frente da charrete, com o sujeito robusto logo atrás e o fugitivo, que então se virara para voltar, aproximando-se.

De repente, meu irmão tropeçou e caiu; seu perseguidor investiu com tudo, e ele se levantou para topar com os dois agressores novamente. Teria poucas chances se a dama esbelta não tivesse puxado as rédeas com força e retornado para ajudá-lo. Parece que a mulher carregava um revólver o tempo todo, guardado sob o assento quando as duas foram atacadas. Ela atirou a seis metros de distância, quase atingindo meu irmão. O menos corajoso dos ladrões fugiu, seguido pelo comparsa xingando-o pela covardia. Os dois pararam na rua, onde o terceiro homem jazia desacordado.

– Pegue isto! – exclamou a dama esbelta, oferecendo ao meu irmão o revólver.

– Volte para a charrete – ele disse, limpando o sangue do lábio ferido.

Ela virou-se sem proferir uma palavra – ambos estavam ofegantes –, e os dois retornaram ao local onde a dama de branco lutava para conter o pônei assustado.

Os ladrões tinham evidentemente desistido. Quando meu irmão os olhou mais uma vez, estavam se retirando.

– Vou me sentar aqui – falou meu irmão –, se puder. – E subiu no banco da frente. A mulher olhou por cima do ombro.

– Dê-me as rédeas – disse ela, batendo o chicote na lateral do pônei. No momento seguinte, uma curva na estrada escondeu os três homens.

Então, inesperadamente, meu irmão se viu ofegante, a boca cortada, o queixo machucado e as juntas manchadas de sangue, dirigindo por uma pista desconhecida na companhia de duas mulheres.

Ele, então, conheceu a história das damas: eram a esposa e a irmã mais nova de um cirurgião que morava em Stanmore, o qual chegara nas primeiras horas da madrugada, após atender um caso perigoso em Pinner, e ouvira sobre os avanços marcianos em alguma estação ferroviária no caminho. O cirurgião correra para casa, acordara as mulheres – a criada as abandonara dois dias antes –, empacotara algumas provisões e colocara o revólver debaixo do assento – felizmente para meu irmão –, dizendo-lhes que fossem até Edgware e tentassem pegar um trem lá. Ele ficaria para trás para alertar os vizinhos e as alcançaria por volta das quatro e meia da manhã, embora fossem quase nove horas e as mulheres ainda nada soubessem dele. Sem conseguirem parar em Edgware por causa do tráfego crescente no local, haviam entrado nessa via lateral.

Essa foi a história que contaram ao meu irmão, em fragmentos, quando pararam novamente mais perto de New Barnet. Ele prometeu esperá-las ao menos até que soubessem o que fazer, ou até que o homem desaparecido chegasse, e alegou ser especialista com o revólver – uma arma estranha para ele –, a fim de lhes transmitir confiança.

Decidiram, então, montar uma espécie de acampamento à beira da estrada, e o pônei pareceu contente na cerca. Ele lhes narrou sua própria fuga de Londres, e tudo o que sabia sobre os marcianos e suas movimentações. O sol subiu mais alto no céu, e depois de um tempo a conversa cessou, cedendo a uma expectativa desconfortável. Vários viajantes surgiam ao longo da estrada, e meu irmão reunia a partir deles as notícias que conseguia. A cada resposta incompleta, ele aprofundava não só sua compreensão sobre o grande desastre que se abatera sobre a humanidade, mas também seu entendimento sobre a necessidade imediata de sair dali. Ele insistiu no assunto.

– Temos dinheiro – disse a mulher esbelta, e então hesitou.

Os olhos dela encontraram os do meu irmão, e a hesitação cessou.

– Eu também – ele afirmou.

Ela lhe contou que ambas tinham umas trinta libras em ouro, além de uma nota de cinco libras, e sugeriu que pegassem um trem em St. Albans ou New Barnet. Meu irmão pensou que seria inútil, tendo visto a fúria dos londrinos amontoando-se nos trens, e expôs sua ideia de atravessar Essex em direção a Harwich, fugindo completamente da região.

A sra. Elphinstone – esse era o nome da mulher de branco – não deu ouvidos a nada, chamando "George" sem parar, mas a cunhada, surpreendentemente quieta e decidida, enfim concordou com meu irmão. Portanto, planejando atravessar a Great North Road, seguiram em direção a Barnet, meu irmão assumindo a condução do pônei para poupá-lo o máximo possível. Quando o sol despontou de vez no alto do céu, o dia ficou excessivamente quente e, sob os pés, uma areia espessa e esbranquiçada estendia-se queimando, cegando e levando-os a viajar muito lentamente. As sebes estavam cinzentas de poeira. E, enquanto avançavam para Barnet, o som de tumulto foi se intensificando.

O grupo começou a cruzar com algumas pessoas. Na maioria das vezes, elas os encaravam, murmurando perguntas indistintas, cansadas, abatidas e sujas. Um homem vestido para a noite passou por eles a pé, de cabeça baixa. Ouviram sua voz e, observando-o, viram que passava uma mão nos cabelos e a outra golpeava coisas invisíveis. Então, aquele paroxismo de raiva cessou, e ele seguiu caminho sem olhar para trás.

Enquanto o comboio de meu irmão prosseguia em direção à encruzilhada ao sul de Barnet, eles viram uma mulher aproximando-se da estrada pelos campos à esquerda, com uma criança no colo e outras duas a acompanhando; depois, passaram por um homem com roupas sujas e pretas, uma bengala em uma mão e uma maleta na outra. Na esquina da rua, entre as vilas que cercavam a confluência da estrada principal, surgiu uma pequena charrete puxada por um suado pônei preto, conduzido por um jovem pálido de chapéu-coco e coberto de poeira. Três garotas, operárias da fábrica de East End, e duas criancinhas amontoavam-se ali com ele.

– Esse caminho dá em Edgware? – perguntou o condutor, olhos arregalados e rosto branco. Quando meu irmão lhe respondeu que devia virar à esquerda, ele partiu sem nem sequer agradecer.

Meu irmão viu uma leve fumaça cinza ou neblina subindo no ar entre as casas à frente, velando a fachada branca de um terraço além da estrada que aparecia em meio aos fundos das casas. A sra. Elphinstone de repente gritou ao ver as labaredas vermelhas e esfumaçadas erguendo-se acima das casas contra o céu quente e azul. O barulho de tumulto dissipou-se na mistura desordenada de muitas vozes, na grade de muitas rodas, no rangido de carroças e no *staccato* de cascos. A pista fazia uma curva brusca a menos de cinquenta metros da encruzilhada.

– Deus do céu! – exclamou a sra. Elphinstone. – Para onde você está nos levando?

Meu irmão parou.

Na estrada principal, um fluxo efervescente de pessoas, uma torrente de seres humanos corria para o norte aos trambolhões. Um grande acúmulo de poeira, branca e luminosa sob a luz do sol, tornava tudo a menos de seis metros do chão cinzento e indistinto, perpetuamente renovado pelos pés apressados de uma densa multidão de cavalos e de homens e mulheres a pé, e pelas rodas dos veículos de todos os tipos.

– Abram caminho! – Meu irmão ouviu vozes gritando. – Abram caminho!

Avançar até o ponto onde a pista e a estrada se encontravam assemelhava-se a atravessar a fumaça de um incêndio; a multidão rugia como fogo, e a poeira era quente e pungente. E, de fato, um pouco mais adiante, uma vila queimava, enviando massas de fumaça preta pela estrada, o que aumentava a confusão.

Dois homens passaram por eles. Depois uma mulher suja, carregando um embrulho pesado e chorando. Um cachorro perdido circulou hesitantemente ao redor do grupo, a língua de fora, assustado e infeliz, e fugiu ante a ameaça do meu irmão.

Tanto quanto podiam ver da estrada para Londres, entre as casas à direita, vislumbraram um fluxo tumultuado de pessoas sujas e apressadas nas vilas dos dois lados; as cabeças negras e as formas aglomeradas tornaram-se distintas quando correram para a esquina, passaram afobadas e fundiram sua individualidade mais uma vez na multidão vazante, finalmente engolida por uma nuvem de poeira.

– Em frente! Vamos! – as vozes gritavam. – Abram caminho! Abram caminho!

Um imenso empurra-empurra. Meu irmão seguia próximo à cabeça do pônei. Irresistivelmente atraído, ele avançou vagaroso, passo a passo, descendo a rua.

Edgware fora um cenário de confusão, Chalk Farm, um tumulto desenfreado, mas aquilo era uma população inteira em movimento. Difícil imaginar tal aglomeração. Sem identidade. As figuras derramavam-se da esquina e recuavam de costas para o grupo na pista. Ao longo da margem, seguiam os que estavam a pé, mesmo ameaçados pelas rodas, tropeçando nas valetas, tropeçando uns nos outros.

As carroças e carruagens se amontoavam, abrindo caminho para os veículos mais rápidos e impacientes que se lançavam logo que uma oportunidade aparecia, enviando as pessoas para as cercas e os portões das vilas.

– Vamos! – alguém berrou. – Vamos! Eles estão chegando!

Em uma carroça, um cego com o uniforme do Exército da Salvação gesticulava com os dedos tortos e berrava: "Eternidade! Eternidade!", a voz rouca e tão alta que meu irmão o ouviu muito tempo depois de perdê-lo de vista em meio à poeira. Algumas das pessoas que se amontoavam nas carroças batiam estupidamente nos cavalos e brigavam com outros condutores; outras, imóveis, olhavam para o nada com uma expressão miserável; outras, ainda, mordiam as mãos morrendo de sede, ou prostravam-se no fundo dos veículos. Os cavalos estavam cobertos de sujeira, os olhos vermelhos.

Havia inúmeros táxis, carruagens, charretes, carroças; um carro de correio, um de limpeza marcado como "Sacristia de St. Pancras", uma enorme carreta de lenha lotada de trabalhadores. O carro de um cervejeiro rugiu com as duas rodas dianteiras salpicadas de sangue fresco.

– Abram caminho! – berravam as vozes. – Abram caminho!

– Eter-nidade! Eter-nidade! – ecoavam pela pista.

Mulheres tristes e abatidas, mas bem-vestidas, passavam com crianças que choravam e tropeçavam, em roupas delicadas cobertas de poeira, rostos cansados e manchados de lágrimas. Algumas estavam acompanhadas de homens ora prestativos, ora broncos e selvagens. Lado a lado, mendigos exaustos disputavam espaço, envoltos por trapos pretos e desbotados, os olhos arregalados, gritando e xingando. E ainda trabalhadores robustos, homens miseráveis e desgrenhados, balconistas ou comerciantes forçando caminho; um soldado ferido, carregadores de trem, uma criatura deplorável de pijama com um casaco jogado por cima, uns sobre os outros.

No entanto, por mais variada que fosse aquela multidão, todos tinham muito em comum: medo e sofrimento nos rostos, e medo também atrás deles. Um tumulto na estrada, uma briga por lugar em uma carroça, fez toda a turba acelerar o passo. Até um homem tão assustado e ferido que os joelhos cediam na caminhada foi galvanizado por um momento em atividade renovada. O calor e a poeira já dominavam a multidão, cujas peles estavam secas, os lábios, negros e rachados, todos sedentos, cansados e doloridos. E, em meio aos vários gritos, ouviam-se brigas, acusações, gemidos de fadiga. As vozes da maioria, roucas e fracas, mas acima de tudo corria um refrão:

– Abram caminho! Abram caminho! Os marcianos estão chegando!

Poucos paravam e se afastavam daquele caos. A pista se abria em uma inclinação estreita na estrada principal, aparentando ilusoriamente vir de Londres. No entanto, uma espécie de turbilhão mergulhou nessa entrada; os mais fracos saíam do fluxo apenas para descansar um momento antes de mergulhar de novo. Um pouco abaixo da rua, um homem com uma perna envolta em trapos ensanguentados recebia a companhia de dois amigos curvados sobre ele. Que sorte ainda ter amigos!

Um velhinho com bigode militar grisalho e casaco preto imundo, mancando, conseguiu sentar-se ao lado de um sifão, retirou a bota – a meia estava manchada de sangue –, sacudiu uma pedrinha para fora e então seguiu mancando novamente; uma garotinha de oito ou nove anos jogou-se sob a cerca perto de meu irmão, chorando sozinha.

– Não posso ir! Não posso!

Meu irmão acordou do torpor de assombro e a levantou, falando gentilmente com ela, em seguida a levando para a srta. Elphinstone. Assim que ele a tocou, a criança se calou, como se estivesse assustada.

– Ellen! – gritou uma mulher em prantos no meio da multidão. – Ellen! – E a criança de repente se afastou de meu irmão, gritando "Mãe!".

– Eles estão chegando – disse um homem a cavalo, passando pela pista.

– Saiam do caminho! – berrou um cocheiro imponente, e meu irmão viu uma carruagem fechada entrando na pista.

As pessoas se esmagaram para evitar o cavalo. Meu irmão empurrou o pônei e a charrete de volta para a cerca, e o homem passou, parando na curva. Era uma carruagem para dois cavalos, mas havia apenas um nas rédeas. Meu irmão viu vagamente através da poeira dois homens erguendo algo em uma maca branca e colocando-o com gentileza na grama sob a cerca privada.

Um dos homens veio correndo até ele.

– Onde tem água? – perguntou. – Ele está morrendo rápido, e com sede. É lorde Garrick.

– Lorde Garrick! – exclamou meu irmão. – O chefe de justiça?

– Água? – ele insistiu.

– Deve haver uma torneira em alguma das casas – meu irmão respondeu. – Não temos água. E não quero deixar minhas companheiras sozinhas.

O homem empurrou a multidão na tentativa de alcançar o portão da casa da esquina.

– Vamos! – disse o povo, impelindo-o. – Eles estão chegando! Vamos!

Nesse momento, a atenção de meu irmão foi desviada para um homem barbudo, rosto de águia, carregando uma pequena bolsa que se abriu bem quando os olhos dele descansaram nela. A mala vomitou uma massa de soberanos, que se dividiram em numerosas moedas ao atingir o chão, rolando entre os pés dos homens e cavalos que lutavam. O sujeito parou e olhou estupidamente para a pilha de moedas, até o cabo de um táxi atingi-lo no ombro, fazendo-o cambalear. Ele deu um grito agudo e recuou, quase sendo atropelado por uma roda.

– Abram caminho! – berravam todos à sua volta. – Abram caminho!

Assim que o táxi passou, ele se jogou, com as duas mãos abertas, sobre a pilha de moedas, enfiando punhados no bolso. Um cavalo se ergueu perto dele e, no momento seguinte, quando estava se levantando, foi derrubado sob os cascos do animal.

– Parem! – gritou meu irmão. Empurrando uma mulher para fora do caminho, ele tentou agarrar o cavalo.

No entanto, antes que conseguisse alcançá-lo, ouviu um grito sob as rodas e viu através da poeira a carroça passando por cima das costas do pobre coitado. O condutor chicoteou meu irmão, que corria atrás do veículo. Os numerosos gritos confundiram seus ouvidos. O homem se contorcia na poeira em meio ao dinheiro espalhado, incapaz de se erguer, a coluna quebrada e os membros inferiores flácidos e inertes. Meu irmão se levantou e gritou com o próximo condutor, e um homem montado em um cavalo preto se aproximou para ajudá-lo.

– Tire-o da estrada – disse; segurando com a mão livre o homem pela gola, meu irmão o arrastou para o lado. Mas o sujeito ainda agarrava o dinheiro e, olhando para meu irmão ferozmente, atingiu-o no braço com a mão fechada no ouro.

– Em frente! Vamos em frente! – vozes raivosas gritavam atrás. – Abram caminho! Abram caminho!

Ouviu-se um estrondo quando o mastro de uma carruagem bateu na charrete que tinha parado. Meu irmão olhou para cima e, nesse instante, o homem do ouro virou a cabeça e mordeu o pulso que o segurava pela gola. Então, uma pancada, e o cavalo preto cambaleou para o lado, arrastando a charrete consigo. Com o pé quase esmagado pelo casco, meu irmão soltou o homem, pulou para trás e viu a raiva ceder lugar ao pavor no rosto do pobre coitado no chão. Logo em seguida, não mais se via o infeliz, e meu irmão foi puxado para trás, perdendo a entrada da pista; teve de lutar muito em meio à torrente para conseguir voltar.

Ele viu a srta. Elphinstone cobrir os olhos, e uma criancinha, com toda a ingenuidade empática típica das crianças, encarar de olhos arregalados algo empoeirado, escuro e imóvel, moído e esmagado sob as rodas.

– Vamos voltar! – ele gritou, virando o pônei. – Não conseguiremos atravessar este inferno – disse, e voltaram cem metros por onde haviam chegado, até a multidão já não ser mais visível. Ao passarem pela curva da estrada, meu irmão viu o rosto do moribundo na valeta sob a alfena, mortalmente branco e flácido, brilhando de suor. As duas mulheres, em silêncio, encolhiam-se nos assentos, tremendo.

Então, além da curva, meu irmão parou novamente. A srta. Elphinstone estava pálida, e a cunhada chorava, desolada demais até para chamar seu "George". Meu irmão sentia-se horrorizado e atordoado. Tão logo se retiraram, ele percebeu que era urgente e inevitável encarar a travessia. Virou-se então para a srta. Elphinstone, subitamente decidido.

– Temos de seguir por ali – disse ele, conduzindo o pônei de volta.

Pela segunda vez naquele dia, a mulher provou seu valor. Para forçar o caminho entre a multidão, meu irmão mergulhou no tráfego e afastou o cavalo de uma carroça, enquanto a mulher passava com o pônei. A roda de uma carruagem se prendeu na charrete deles e arrancou uma longa lasca do veículo. Logo em seguida, já estavam sendo arrastados pelo fluxo. Meu irmão, com as marcas de chicote do condutor ainda vermelhas no rosto e nas mãos, subiu na charrete e pegou as rédeas.

– Aponte o revólver para o homem de trás – falou, entregando-lhe a arma – se ele nos pressionar demais. Não! Aponte para o cavalo.

Então, ele ficou procurando uma brecha para atravessar a estrada pela direita , mas, uma vez no meio do fluxo, pareceu perder o ânimo, tornando-se parte daquela fuga empoeirada. Eles atravessaram Chipping Barnet com a torrente; estavam a menos de dois quilômetros além do centro da cidade antes de conseguirem passar para o lado oposto. O barulho e a confusão eram indescritíveis, mas dentro e fora do vilarejo a estrada se abria em várias bifurcações, o que, em certa medida, aliviava o tumulto.

Eles seguiram para o leste por Hadley, e em ambos os lados da estrada, em um ponto mais adiante, encontraram uma multidão bebendo água no riacho; algumas pessoas lutavam para chegar até lá. E mais adiante, de uma colina perto de East Barnet, viram dois trens aproximando-se lentamente, um depois do outro, sem sinalização ou ordem – trens lotados de gente, com homens até entre os carvões atrás dos motores –, seguindo para o norte pela Great Northern Railway. Meu irmão pensou que eles deveriam ter embarcado nos arredores de Londres, pois àquela altura a terrível fúria do povo inviabilizava os terminais centrais.

Descansaram durante o restante da tarde perto dali, pois a violência do dia os havia esgotado completamente. Estavam começando a sofrer em razão da fome; a noite estava fria, e nenhum deles ousou dormir. Portanto, viram muitas pessoas que avançavam apressadas pela estrada próxima de onde estavam, fugindo de perigos desconhecidos e rumando para o mesmo caminho que meu irmão seguira.

XVII

O *THUNDER CHILD*

Se os marcianos objetivassem apenas a destruição, na segunda-feira poderiam ter aniquilado toda a população de Londres, uma vez que as pessoas se espalhavam lentamente pelos condados. A fuga desenfreada não se derramava somente ao longo da estrada de Barnet, mas também por Edgware e Waltham Abbey, e pelas estradas a leste de Southend e Shoeburyness, e ao sul do Tâmisa para Deal e Broadstairs. Se, naquela manhã de junho, alguém estivesse observando Londres do azul escaldante do céu, do alto de um balão, veria todas as estradas para o norte e para o leste saindo do labirinto de ruas emaranhadas pontilhadas de preto, os fugitivos correndo desesperados, cada pontinho um ser humano em agonia, tomado por terror e angústia. Descrevi longamente o relato de meu irmão sobre a estrada de Chipping Barnet a fim de que meus leitores compreendam o cenário do enxame de pontos pretos para aquela gente que estava lá. Nunca antes na história da humanidade uma massa de tamanha proporção tinha se movido e sofrido junto dessa maneira. Os lendários godos e hunos, os maiores exércitos que a Ásia já vira, teriam sido apenas uma gotinha nessa corrente. O que ocorreu não foi nem de perto uma marcha organizada, mas sim uma debandada gigantesca e terrível, caótica e sem rumo; 6 milhões de pessoas desarmadas e carentes, avançando às cegas. Sem dúvida, o início do fim da civilização, do massacre da humanidade.

O balonista veria abaixo de si a rede de vias se espalhando por toda parte, casas, igrejas, praças, arcos, jardins, tudo abandonado, como um imenso mapa – *borrado* ao sul. Em Ealing, Richmond e Wimbledon, pareceria que uma caneta monstruosa despejara tinta sobre o mapa. De maneira constante e incessante, cada respingo negro crescia e se disseminava, vazando para os lados, acumulando-se entre os terrenos mais elevados, derramando-se com rapidez sobre os cumes de vales recém-descobertos, exatamente como uma gota de tinta se espalharia borrando o papel.

E mais além, sobre as colinas azuladas que se erguiam ao sul do rio, os marcianos reluzentes iam e vinham, calma e metodicamente alastrando sua nuvem de veneno pela região e, por cima disso, derramando jatos de vapor depois de cumprirem sua finalidade, o domínio do território conquistado. No entanto, eles não pareciam visar ao nosso extermínio, e sim à completa desmoralização e ao aniquilamento de qualquer oposição. Explodiam todos os depósitos de pólvora que encontravam, cortavam todos os telégrafos e destruíam as ferrovias. Em síntese, paralisavam a humanidade. Sem pressa de ampliar o campo de suas operações, não foram além do centro de Londres durante todo o dia. É possível que um número considerável de londrinos tenha permanecido em casa até a manhã de segunda-feira. Certamente muitos morreram sufocados pela Fumaça Negra.

Até o meio-dia, o Pool of Londres formava um cenário caótico. Barcos a vapor e embarcações de todos os tipos estavam ali, atraídos pelas enormes somas de dinheiro oferecidas pelos fugitivos, e dizem que muitos que nadaram até esses navios foram afastados com croques e se afogaram. Por volta da uma hora da tarde, uma suave nuvem de vapor preto remanescente apareceu entre os arcos da Blackfriars Bridge. Com isso, o Pool se transformou em uma confusão generalizada de brigas e acidentes, e por algum tempo uma multidão de barcos e barcaças se amontoou no arco norte da Tower Bridge, obrigando os marinheiros e os barqueiros a lutarem ferozmente contra as pessoas que se aglomeravam sobre eles da beira do rio. Gente estava descendo pela ponte de cima para chegar ao cais.

Quando, uma hora depois, um marciano apareceu além da Torre do Relógio e atravessou o rio, nada além de destroços flutuava sobre Limehouse.

Ainda tenho de narrar a queda do quinto cilindro. A sexta estrela cadente despencou em Wimbledon. Meu irmão, de vigia em uma pradaria ao lado das mulheres na charrete, viu o lampejo verde muito além das colinas. Na terça-feira, seu pequeno grupo, ainda decidido a atravessar o mar, cruzou os campos em direção a Colchester. Confirmou-se a notícia de que os marcianos dominavam toda a cidade de Londres. Diziam que eles foram vistos em Highgate e até em Neasden. Mas não foram vistos por meu irmão até o dia seguinte.

Naquele dia, as multidões dispersas começaram a sentir a necessidade premente de arranjar provisões. Conforme a fome se acentuava, deixavam de considerar os direitos de propriedade. Os fazendeiros tentaram defender gados, celeiros e plantações com armas nas mãos. Muitas pessoas agora, como meu irmão, tinham o rosto voltado para o leste, e algumas almas desesperadas retornavam a Londres em busca de comida. Eram principalmente pessoas dos subúrbios do norte, cujo conhecimento sobre a Fumaça Negra viera de boatos. Ele soube que cerca da metade dos membros do governo havia se reunido em Birmingham, e que preparavam enormes quantidades de explosivos para serem usadas em minas automáticas nos condados de Midland.

Meu irmão também foi informado que a Midland Railway Company substituíra as deserções desesperadas do primeiro dia, retomando o tráfego e operando trens para o norte de St. Albans com o objetivo de aliviar o congestionamento dos condados. Um cartaz em Chipping Ongar anunciava grandes reservas de farinha nas cidades do norte, acrescentando que em vinte e quatro horas seria distribuído pão às pessoas famintas do bairro. Mas tudo isso não o fez desistir do plano de fuga que havia elaborado, e os três seguiram para o leste durante todo o dia, sem ouvir mais nada sobre a distribuição de pão além daquela promessa. De fato, ninguém mais ouviu. Naquela noite, a sétima estrela caiu sobre Primrose Hill. A srta. Elphinstone foi testemunha, pois revezava a vigília com meu irmão. Ela viu.

Na quarta-feira, após passarem a noite em um campo de trigo verde, os três fugitivos chegaram a Chelmsford, onde os moradores tinham se organizado em um Comitê de Suprimento Público; assim, apreenderam o pônei sem oferecer nada em troca além da promessa de uma parte das provisões no dia seguinte. Ali, ouviram rumores sobre marcianos em Epping e notícias da destruição da fábrica de pólvora de Waltham Abbey, em uma tentativa vã de explodir um dos invasores.

Nas torres da igreja, as pessoas observavam os marcianos. Meu irmão felizmente preferiu avançar de imediato para a costa em vez de esperar a comida, embora os três estivessem famintos. Ao meio-dia, passaram por Tillingham, que, estranhamente, parecia bastante silenciosa e deserta, exceto por alguns saqueadores furtivos à procura de alimento. Perto de Tillingham, eles subitamente avistaram o mar e uma aglomeração impressionante de embarcações de todos os tipos imagináveis.

Os marinheiros, impossibilitados de subir o Tâmisa, foram para a costa de Essex, para Harwich, Walton e Clacton, e depois para Foulness e Shoebury, a fim de levar as pessoas. Eles aguardavam em uma enorme curva em forma de foice, desaparecendo na névoa em direção ao Naze. Perto da costa, havia uma infinidade de barcos de pesca – ingleses, escoceses, franceses, holandeses e suecos; lanchas a vapor do Tâmisa, iates, barcos elétricos, e mais além, pesados navios de carga, um amontoado de carvoeiros imundos, navios mercantes em bom estado, navios de gado, barcos de passageiros, petroleiros, embarcações fretadas, até um velho transportador branco, elegantes transatlânticos brancos e cinzentos de Southampton e Hamburgo; e, ao longo da costa azul do outro lado do rio Blackwater, meu irmão conseguiu distinguir vagamente um denso enxame de barcos aglomerados junto às pessoas na praia, estendendo-se quase até Maldon.

Alguns quilômetros adiante, ele observou um encouraçado meio afundado na água, segundo lhe pareceu, como se tivesse naufragado. Sem dúvida, o *Thunder Child*. Era o único navio de guerra à vista, mas muito distante, à direita, sobre a superfície tranquila do mar – pois naquele dia estava uma calmaria –, uma serpente de fumaça negra denunciava a presença dos encouraçados próximos da Frota do Canal, aguardando a todo vapor em uma extensa linha, prontos para a ação, ao longo do estuário do Tâmisa durante a conquista marciana, vigilantes, mas impotentes.

Ao ver o mar, a sra. Elphinstone foi tomada pelo pânico, apesar das tentativas da cunhada de acalmá-la. Ela nunca tinha saído da Inglaterra antes, portanto, preferia morrer a se arriscar em um país estrangeiro, e por aí afora. A pobre mulher parecia pensar que, de algum modo, os franceses e os marcianos fossem semelhantes. Durante os dois dias de nossa jornada, ela se tornava cada vez mais histérica, amedrontada e deprimida. Queria voltar para Stanmore. As coisas estavam bem e seguras em Stanmore. Elas encontrariam George em Stanmore...

Com muita dificuldade, eles conseguiram levá-la à praia, onde meu irmão atraiu a atenção de alguns tripulantes de um barco a vapor que vinha do Tâmisa. Eles enviaram-lhes um bote e pediram trinta e seis libras para o embarque dos três. Estavam indo, disseram, para Ostende.

Eram cerca de duas horas quando meu irmão, depois de pagar as tarifas no passadiço, se viu em segurança a bordo do barco a vapor com as duas companheiras. Havia comida ali, embora a preços exorbitantes, e o grupo conseguiu fazer uma refeição em um dos assentos à frente.

Já havia passageiros a bordo – alguns dos quais gastaram seus últimos centavos para garantir uma passagem –, mas o capitão deixou o Blackwater somente às cinco da tarde, pegando tantos passageiros que os conveses ficaram perigosamente cheios. Ele provavelmente teria ficado mais tempo ali se não fosse pelo estrondo de armas disparando àquela hora no sul. Como em resposta, o encouraçado disparou um pequeno canhão e içou uma fileira de bandeiras. Um jato de fumaça brotou de suas chaminés.

Alguns dos passageiros pensaram a princípio que o tiroteio vinha de Shoeburyness, até que o barulho ficou mais alto. Na mesma hora, bem longe, no sudeste, os mastros e as estruturas superiores de três encouraçados subiram um após o outro acima do mar, sob nuvens de fumaça negra. Mas a atenção de meu irmão rapidamente se voltou para os disparos longínquos no sul. Ele pensou ter visto uma coluna de fumaça saindo da distante neblina cinzenta.

O pequeno barco a vapor já estava se aproximando ao leste do grande semicírculo de navios, e a costa baixa de Essex estava ficando azul e nebulosa quando um marciano apareceu, miúdo e indistinto à distância, avançando ao longo da costa lamacenta rumo a Foulness. Do passadiço, o capitão xingou alto, com raiva e medo, o próprio atraso, e os remos pareceram se contagiar com o terror. Todas as almas a bordo se concentraram nos baluartes ou nos assentos do navio a vapor para olhar aquela forma longínqua, mais alta que as árvores e as torres de igrejas do interior, seguindo em uma paródia tranquila de passos humanos.

Era o primeiro marciano visto por meu irmão, e ele ficou mais impressionado que aterrorizado ao observar o avanço daquele titã pela água, deliberadamente em direção ao barco enquanto a costa se distanciava. Então, muito além do rio Crouch, mais um marciano surgiu caminhando sobre árvores atrofiadas, e então outro, ainda mais longe, atravessando um lamaçal brilhante que parecia pairar a meio caminho entre o céu e o mar. Todos seguiam para o mar, como se quisessem interceptar a fuga dos inúmeros navios aglomerados entre Foulness e Naze. Apesar dos esforços pulsantes dos motores do pequeno barco a remo e da espuma que as rodas formavam atrás delas, o barco retrocedeu com uma lentidão aterrorizante ante esse avanço sinistro.

Olhando para noroeste, meu irmão viu a imensa fileira de navios já se contorcendo diante do horror que se aproximava; as embarcações seguiam em fila, outras giravam de um lado para o outro, navios a vapor assobiavam e soltavam fumaça, velas eram içadas, lanchas corriam para lá e para cá. Fascinado pela agitação e pelo perigo que se aproximava à esquerda, ele não tinha olhos para nada no mar. E então, um rápido movimento do barco a vapor, que subitamente se virou para evitar ser atropelado, jogou-o de cabeça no assento sobre o qual ele estava de pé. Houve gritaria no entorno, passos aos trambolhões e um *viva!* que quase não teve resposta. O barco a vapor balançou e ele saiu rolando.

No entanto, conseguiu colocar-se de pé em um salto e avistou a estibordo, a menos de cem metros de sua embarcação inclinada e arremessada, uma vasta massa de ferro semelhante a uma lâmina de arado rasgando a água, cortando-a em enormes ondas de espuma que erguiam-se na direção do barco, lançando os impotentes remos para o ar e sugando o convés quase até a linha d'água.

Um jato cegou meu irmão por um momento. Quando sua visão clareou, percebeu que o monstro já havia passado e se apressava para a costa. Grandes estruturas de ferro saíram de um suporte alongado, e dali funis duplos se projetaram cuspindo fogo e fumaça.

Era o torpedeiro do *Thunder Child* a todo vapor, vindo em socorro das embarcações ameaçadas.

Mantendo o pé no convés de sustentação, segurando os baluartes, meu irmão desviou o olhar novamente do gigantesco encouraçado para os marcianos, e vislumbrou os três juntos, tão distantes no alto-mar que os suportes em forma de tripé estavam quase totalmente submersos. Assim afundados e vistos de longe, pareciam muito menos formidáveis do que a enorme massa de ferro em cujo rastro o barco a vapor se balançava tão desamparado. Parece que os marcianos estavam encarando esse novo adversário com espanto. Para aquelas mentes, talvez o gigante fosse como eles. O *Thunder Child* não disparou nenhum canhão, simplesmente seguindo a toda velocidade na mesma direção deles. Provavelmente o fato de não ter aberto fogo permitiu que se aproximasse tanto do inimigo. Mas não sabiam o que fazer. Se tivessem atacado, os marcianos os teriam enviado para o fundo do mar na mesma hora com seu Raio de Calor.

O encouraçado fumegava tão veloz que logo parecia estar a meio caminho entre o barco a vapor e os marcianos – uma massa negra diminuindo contra a extensão da costa de Essex, cada vez mais longe.

De repente, o marciano mais próximo projetou seu tubo e descarregou uma cápsula de gás preto no navio. Ela caiu a bombordo e despejou um jato de tinta que avançou sobre o mar, em uma torrente de Fumaça Negra da qual o navio conseguiu escapar. Os observadores do barco, próximos da linha d'água e ofuscados pelo sol, tinham a impressão de que ele já estava entre os marcianos.

Então, assistiram às figuras magras separando-se e emergindo da água enquanto se retiravam para a praia, e um deles ergueu o gerador em forma de câmera do Raio de Calor, apontando-o obliquamente para baixo. No mesmo instante, vapor brotou da água. O raio deve ter atravessado o casco da lateral do navio como uma barra de ferro incandescente atravessa o papel.

Um lampejo de chamas subiu através do vapor crescente, e então o marciano oscilou e cambaleou. Logo em seguida, despencou e uma enorme massa de água e vapor projetou-se alto no ar. Os canhões do *Thunder Child* ressoaram através da névoa, tiro após tiro; um dos disparos espirrou água bem perto do barco, ricocheteou em direção às outras embarcações em fuga ao norte e esmagou com força um veleiro.

Mas ninguém deu muita atenção ao fato. Ao ver o colapso do marciano, o capitão gritou no passadiço de maneira desarticulada, e todos os passageiros na popa gritaram juntos. E então gritaram de novo. Afinal, para além do tumulto branco surgiu uma forma longa e negra; de suas partes centrais fluíam labaredas, dos ventiladores e das chaminés jorrava fogo.

O encouraçado sobrevivera. Ao que parecia, o leme estava intacto e os motores ainda funcionavam. Ele avançou direto para um segundo marciano. Estava a cem metros dele quando o Raio de Calor entrou em ação. Então, com um baque violento e um clarão ofuscante, deques e chaminés foram lançados para o alto. O marciano cambaleou com a violência da explosão, e no momento seguinte os destroços em chamas o atingiram com o ímpeto do ataque, amassando-o como se fosse papelão. Meu irmão soltou um grito involuntário. Um tumulto efervescente de vapor escondeu tudo mais uma vez.

– Dois! – berrou o capitão.

Todos estavam gritando. O barco inteiro comemorava freneticamente de ponta a ponta; começou com um, e logo todos na multidão de navios e barcos que se dirigiam para o mar celebravam juntos.

O vapor pairou na água por muitos minutos, ocultando o terceiro marciano e a costa. E, durante todo esse tempo, o barco seguia com constância para o mar e para longe da batalha. Quando finalmente a confusão se dissipou, a massa flutuante de vapor negro cobriu tudo, e nada se conseguiu ver do *Thunder Child*, e tampouco do terceiro marciano. Mas os encouraçados estavam bem próximos, seguindo para a costa além do barco a vapor.

A pequena embarcação avançava rumo ao mar, e os encouraçados recuavam lentamente. A costa ainda permanecia oculta em razão de um monte de vapor marmorizado – parte vapor, parte gás preto –, oscilando e misturando-se de um modo bizarro. A frota de refugiados estava se espalhando para o nordeste; vários veleiros navegavam em meio aos encouraçados e o barco a vapor. Depois de um tempo, e antes de alcançarem a fumaça que baixava, os navios de guerra viraram para o norte e, de repente, deram a volta e atravessaram a espessa neblina da tarde seguindo para o sul. A costa foi desaparecendo e, finalmente, ficou indistinguível entre as nuvens que se juntavam ao sol poente.

Então, de repente, da neblina dourada do pôr do sol, veio uma vibração de disparos e uma sombra de formas negras movendo-se. Todos se amontoaram no parapeito do barco e espiaram o horizonte ofuscante no oeste, mas nada viam com clareza. Uma massa de fumaça se ergueu obliquamente e ocultou o sol. O barco a vapor palpitava em meio a um suspense interminável.

O sol mergulhou entre nuvens cinzentas, o céu corou e escureceu, a estrela da noite tremeu à vista. Já era crepúsculo quando o capitão gritou e apontou. Meu irmão apertou os olhos. Algo surgiu no céu emergindo do cinza, subindo meio inclinado e muito rapidamente na claridade luminosa acima das nuvens no céu poente; algo plano, largo e imenso, que varreu uma curva ampla, diminuiu, afundou lentamente e desapareceu de novo no mistério cinzento da noite. Enquanto voava, choveram trevas sobre a terra.

LIVRO DOIS

A TERRA SOB DOMÍNIO DOS MARCIANOS

I
SOTERRADOS

No primeiro livro, desviei-me de minhas próprias aventuras para narrar as experiências de meu irmão. No decorrer dos infortúnios dos dois últimos capítulos, o pároco e eu ficamos à espreita na casa vazia de Halliford, onde nos refugiamos para escapar da Fumaça Negra. Retomarei desse ponto. Permanecemos ali durante o domingo à noite e o dia seguinte – o dia do pânico –, em uma pequena ilha de luz, em meio à Fumaça Negra que dominava o resto do mundo. Nada tínhamos para fazer além de esperar em uma inatividade dolorosa. Assim se passaram dois dias longos e cansativos.

Minha mente estava tomada pela preocupação com a minha esposa. Eu a imaginei em Leatherhead, aterrorizada, em perigo, lamentando e dando-me por morto. Perambulei pelos aposentos e chorei alto quando pensei na distância que nos separava, em tudo o que poderia acontecer com ela em minha ausência. Sabia que meu primo era suficientemente corajoso para lidar com qualquer emergência, mas ele não era o tipo que percebe o perigo rapidamente, que age rapidamente. Naquele momento, bravura não era necessária, mas prudência. Meu único consolo foi acreditar que os marcianos estavam se movendo para Londres e se afastando dela.

Essa vaga ansiedade me mantinha sensível e em sofrimento. E esgotado e irritado com as lamúrias constantes do pároco, cansado de ver seu desespero egoísta. Depois de protestar um pouco sem sucesso, afastei-me dele e recolhi-me em um quarto – a sala de estudos de uma criança, repleta de globos, formulários e cadernos. Entretanto, como ele me seguiu até lá, fui para um depósito no andar de cima, onde me tranquei para ficar sozinho com minhas dores e desgraças.

Ficamos irremediavelmente cercados pela Fumaça Negra durante todo aquele dia e a manhã do dia seguinte. Na noite de domingo, vi sinais de pessoas na casa ao lado – um rosto na janela e luzes, e mais tarde o bater de uma porta. Mas não sei quem eram, nem o que aconteceu com elas. Não tivemos indícios de gente ali no dia seguinte. A Fumaça Negra flutuou devagar em direção ao rio durante toda a manhã da segunda-feira, aproximando-se cada vez mais de nós, finalmente seguindo pela estrada que passava do lado de fora da casa onde nos escondíamos.

Um marciano atravessou os campos por volta do meio-dia, espalhando fumaça com um jato de vapor superaquecido que assobiou contra as paredes, quebrou todas as janelas que tocou e escaldou a mão do pároco enquanto ele fugia correndo pela sala. Quando finalmente atravessamos os cômodos encharcados e olhamos de novo o cenário, foi como se uma tempestade de neve negra tivesse se derramado pelos campos ao norte. Na direção do rio, surpreendemo-nos com uma vermelhidão inexplicável misturando-se ao preto dos prados chamuscados.

Por determinado tempo, não entendemos como essa mudança afetava nossa posição; sentíamos alívio pelo fato de a Fumaça Negra ter passado. Mas depois percebi que não estávamos mais cercados, que poderíamos fugir, que o caminho da fuga estava aberto, e então minha vontade de agir retornou. Só que o pároco se mostrava letárgico, irracional.

– Estamos seguros aqui. Estamos seguros – repetia.

Decidi deixá-lo – antes tivesse mesmo feito isso! Mais experiente agora depois das lições do artilheiro, procurei comida e bebida. Encontrei óleo e trapos para minhas queimaduras, e também peguei um chapéu e uma camisa de flanela que achei em um dos quartos. Quando ficou claro para o pároco que eu pretendia partir sozinho – estava apaziguado com a ideia de partir sozinho –, ele de repente se animou a me acompanhar. E, como tudo parecia tranquilo durante a tarde, acredito que saímos por volta das cinco horas pela estrada enegrecida rumo a Sunbury.

Em Sunbury, e também ao longo da estrada, vimos cadáveres contorcidos, de cavalos e de homens, charretes e malas viradas, tudo coberto de poeira negra. Aquela manta de cinzas me fez recordar o que tinha lido sobre a destruição de Pompeia. Chegamos a Hampton Court sem desventuras, com as mentes dominadas por aparições estranhas e desconhecidas, e lá nossos olhos descansaram um pouco ao vislumbrarmos um pedaço de verde que havia escapado da corrente sufocante. Atravessamos Bushey Park com cervos indo e vindo sob as castanheiras, e vimos alguns homens e mulheres correndo ao longe na direção de Hampton, e então chegamos a Twickenham. Essas foram as primeiras pessoas que vimos.

Do outro lado da estrada, os bosques além de Ham e Petersham ainda estavam em chamas. Twickenham não fora atingido nem pelo Raio de Calor nem pela Fumaça Negra, e havia mais pessoas por ali, embora ninguém tivesse muitas informações para nos transmitir. Na maior parte, eram como nós, aproveitando uma pausa para mudar de esconderijo. Tenho a impressão de que muitas das casas ali ainda estavam ocupadas por moradores assustados, aterrorizados demais até para fugir. E também havia evidências de uma fuga desenfreada ao longo da estrada. Lembro-me vividamente de três bicicletas amontoadas em um canto, esmagadas pelas rodas de inúmeras charretes. Cruzamos a Richmond Bridge por volta das oito e meia. Seguimos depressa pela ponte exposta, e notei várias massas vermelhas flutuando no riacho, algumas com vários metros de largura. Não sabia o que eram – não havia tempo para escrutínio –, e acabei escolhendo uma interpretação muito mais horrível daquelas coisas do que elas mereciam. Ali no lado de Surrey, mais uma vez vimos a poeira preta que antes fora fumaça e também mais cadáveres em um monte perto da estação, mas não tivemos um vislumbre dos marcianos até chegarmos a Barnes.

Notamos à distância, em meio ao negrume, um grupo de três pessoas correndo por uma rua lateral até o rio. Tirando isso, o local parecia deserto. Subindo a colina, a cidade de Richmond queimava rapidamente; fora dela, nenhum vestígio da Fumaça Negra.

Então, de repente, quando nos aproximamos de Kew, deparamo-nos com várias pessoas correndo, e as partes superiores de uma máquina de guerra marciana surgiram sobre os telhados a menos de cem metros de nós. Ficamos horrorizados com o perigo. Se o marciano tivesse olhado para baixo, teríamos perecido imediatamente. Dominados pelo terror, não ousamos continuar, optando por nos esconder em uma cabana de jardim. O pároco se agachou, chorando silenciosamente e se recusando a sair de lá.

Mas minha ideia fixa de alcançar Leatherhead não me deixava descansar, e no crepúsculo me arrisquei mais uma vez. Atravessei um matagal, e ao longo de uma passagem que ladeava um casarão firmemente de pé, emergi na estrada para Kew. Havia abandonado o pároco no galpão, mas ele veio correndo atrás de mim.

Essa segunda partida foi de uma estupidez única, pois era evidente que os marcianos estavam perto. Assim que o pároco me alcançou, vimos a mesma máquina de guerra de antes ou outra, muito longe, através das pradarias, na direção de Kew Lodge. Quatro ou cinco pequenas figuras negras correram diante dela pelo verde acinzentado do campo, e logo se tornou óbvio que o marciano as estava perseguindo. Em três passadas, ele já assomava sobre elas, enquanto tentavam fugir por entre aqueles pés, dispersando em todas as direções. Ele não usou o Raio de Calor para destruí-las, mas as pegou uma a uma. Aparentemente, arremessou-as no grande transportador metálico que se projetava atrás dele, como a cesta de um trabalhador pendurada no ombro.

Pela primeira vez, percebi que os marcianos poderiam ter outro propósito além da destruição da humanidade. Ficamos parados por um momento, petrificados, depois nos viramos e fugimos por um portão atrás de nós, que dava para um jardim murado; por sorte, caímos em uma vala e nos deitamos ali, mal ousando emitir qualquer sussurro até as estrelas aparecerem.

Suponho que eram quase onze horas quando reunimos coragem para sair, não mais nos aventurando na estrada, mas nos escondendo pelas sebes e plantações, observando atentamente através da escuridão, ele à direita e eu à esquerda, procurando os marcianos que pareciam estar sobre nós. Em um ponto, irrompemos em uma área queimada e enegrecida, fria e cinzenta; vimos vários cadáveres espalhados por ali, cabeças e troncos terrivelmente carbonizados, mas pernas e botas intactas. Também havia cadáveres de cavalos a quinze metros, talvez de uma linha de quatro canhões despedaçados e carruagens de carga esmagadas.

Parecia que Sheen havia escapado da destruição, mas o lugar estava silencioso e deserto. Ali não havia nenhum morto, embora a escuridão da noite nos impedisse de enxergar as ruas laterais. Em Sheen, meu companheiro de repente se queixou de fraqueza e sede, e decidimos tentar entrar em uma das casas.

Tivemos um pouco de dificuldade com a janela da primeira, uma casinha geminada, e não encontrei nada comestível ali além de queijo mofado. No entanto, havia água para beber, e também um machado, que prometia ser útil na próxima casa.

Em seguida, caminhamos para onde a estrada faz uma curva em direção a Mortlake. Ali encontramos uma casa branca cercada de um jardim murado e, na despensa, um estoque de comida: dois pães em uma panela, um bife cru e metade de um presunto. Recito essa lista com tanta precisão porque, por acaso, estávamos destinados a subsistir com esse estoque pelos próximos quinze dias. Havia uma garrafa de cerveja embaixo de uma prateleira, dois sacos de feijão e alguns pés de alface. A despensa se abria para uma espécie de lavanderia onde se acumulava lenha. Dentro de um armário, encontramos quase uma dúzia de garrafas de vinho, sopas enlatadas e salmão, e duas latas de biscoitos.

Sentamo-nos na cozinha adjacente no escuro – pois não ousamos acender uma luz – e comemos pão e presunto, e bebemos cerveja da mesma garrafa. O pároco, ainda receoso e inquieto, por incrível que pareça, insistia em que prosseguíssemos, e eu lhe expliquei que ele precisava restabelecer suas forças alimentando-se. E então, aconteceu algo que nos aprisionou.

– Ainda não é meia-noite – falei, e de repente surgiu o brilho ofuscante de uma intensa luz verde. Tudo na cozinha saltou aos nossos olhos, claramente visível em verde e preto, e então desapareceu. Depois, ouvimos um estrondo tão forte como nunca ouvira antes. Logo em seguida, quase simultaneamente, um baque ecoou atrás de mim, um estilhaçar de vidro e um barulho de paredes ruindo ao nosso redor; o reboco do teto cedeu, e uma imensidão de fragmentos desabou sobre nós. Acabei jogado no chão, bati a cabeça na maçaneta do forno e desmaiei. Fiquei desacordado por muito tempo, o pároco me contou, e, quando voltei a mim, estávamos na escuridão novamente; o rosto do homem estava coberto de sangue da testa cortada, como descobri depois, e ele passava um pano molhado sobre mim.

Durante algum tempo, não consegui compreender o que havia acontecido. Então, as coisas foram se assentando lentamente: um ferimento na minha têmpora.

– Está melhor? – o pároco perguntou aos sussurros.

Consegui responder. E sentei-me.

– Não se mova – ele disse. – O chão está cheio de estilhaços da louça do armário. Não dá para se mexer sem fazer barulho, e acho que eles estão lá fora.

Ficamos em silêncio; mal ouvíamos a respiração um do outro. Tudo parecia mortalmente parado, mas então algo, um gesso ou alvenaria quebrada, deslizou com um som estridente. Lá fora, muito próximo de nós, ouvimos um ruído metálico intermitente.

– Ali! – disse o pároco, quando aconteceu de novo.

– Sim – falei. – O que é?

– Um marciano! – ele respondeu.

Ouvi com mais atenção.

– Não parecia o Raio de Calor – eu disse, e por um tempo fiquei inclinado a pensar que uma das grandes máquinas de guerra deles havia atingido a casa, da mesma forma como eu vira uma atingir a torre da igreja de Shepperton.

Naquela situação tão estranha e incompreensível, durante três ou quatro horas até o amanhecer, mal nos movemos. E então, a luz entrou não pela janela, ainda escura, mas por uma abertura triangular entre uma viga e uma pilha de tijolos quebrados na parede atrás de nós. O interior da cozinha estava acinzentado.

A janela havia sido arrombada por um monte de terra do jardim, espalhando-se por sobre a mesa onde nos acomodávamos e derramando-se sobre nossos pés. Lá fora, o solo acumulou-se alto contra a casa. No topo da moldura da janela, víamos um cano solto. O chão estava coberto de ferragens quebradas; a extremidade da cozinha que dava para o restante da casa fora derrubada e, como a luz do dia brilhava ali, era evidente que a maior parte da construção havia desmoronado. Contrastando vivamente com essa ruína, via-se o elegante guarda-louça verde-claro da moda, sob o qual se acumulavam vários frascos de cobre e estanho, o papel de parede imitando azulejos azuis e brancos e alguns suplementos coloridos flutuando nas paredes acima do fogão da cozinha.

Quando a manhã clareou mais, vimos através da abertura na parede um marciano de sentinela, suponho, sobre o cilindro ainda brilhando. A cena nos fez rastejar o mais cautelosamente possível para longe do crepúsculo da cozinha, adentrando a escuridão da copa.

De repente, a interpretação correta dos eventos me ocorreu.

– O quinto cilindro – sussurrei. – O quinto disparo de Marte atingiu esta casa e nos soterrou sob as ruínas!

Por um tempo, o pároco ficou em silêncio, e então sussurrou de volta:

– Deus tenha piedade de nós!

Eu o ouvi choramingando.

Depois disso, permanecemos imóveis na copa. Eu mal ousava respirar, e sentei-me com os olhos fixos na luz fraca da porta da cozinha. Conseguia vislumbrar somente o rosto do pároco, uma forma oval e escura, e a gola e os punhos. Do lado de fora, ouvimos um martelar metálico, depois uma buzina violenta e, novamente, após um intervalo silencioso, um assobio semelhante ao de um motor. Esses sons, na maior parte incompreensíveis, continuavam intermitentemente e pareciam aumentar à medida que o tempo passava. Uma pancada compassada e uma vibração que fazia tudo à nossa volta tremer, e as vasilhas na despensa retinirem e balançarem, começaram e não pararam mais, até que a luz se eclipsou, e a porta fantasmagórica da cozinha ficou absolutamente escura. Por muitas horas, permanecemos encolhidos ali, silenciosos e trêmulos, mas nossa atenção acabou falhando, ambos dominados pela exaustão...

Por fim, acordei faminto. Acho que passamos a maior parte do dia dormindo. Minha fome era tanta que me levou a agir. Eu disse ao pároco que ia procurar comida e me dirigi para a despensa. Ele não me respondeu, mas me ouviu assim que comecei a comer, e veio rastejando atrás de mim.

11
O QUE VIMOS DA CASA DESTRUÍDA

Depois de comermos, voltamos à copa, onde devo ter cochilado novamente, pois, quando olhei em volta, estava sozinho. A vibração estridente continuava com uma persistência cansativa. Chamei aos sussurros o pároco várias vezes, e finalmente segui tateando até a porta da cozinha. Ainda era dia, e eu o vi do outro lado da sala, encostado no buraco triangular por onde podíamos ver os marcianos. Os ombros estavam curvados, ocultando a cabeça.

O barulho era tão intenso que eu me sentia em uma casa de máquinas, e tudo tremia com aquele baque surdo. Pela abertura na parede, vislumbrei a copa de uma árvore reluzindo dourada e azul contra o tranquilo céu noturno. Por mais ou menos um minuto, fiquei observando o pároco, e então avancei, agachando-me e pisando com extremo cuidado em meio às louças quebradas que cobriam o chão.

Toquei a perna dele, e o homem se assustou com tanta violência que uma massa de gesso próxima deslizou e caiu com um impacto alto. Agarrei-o pelo braço, temendo que ele fosse gritar, e por um longo tempo permanecemos ali, agachados e imóveis. Então, virei-me para ver o que restava de nossa muralha. O reboco que se desprendera tinha aberto uma fenda vertical nos escombros; levantei-me cautelosamente sobre uma viga e pela fresta deparei-me com o que antes fora uma tranquila estrada suburbana. A mudança era imensurável.

O quinto cilindro devia ter caído bem no meio da casa que visitamos antes. A construção havia desaparecido, completamente esmagada, pulverizada e arrasada pelo impacto. O cilindro estava agora bem abaixo das fundações originais, no fundo de um buraco muito maior do que a cratera de Woking. A terra em volta se espalhara sob a explosão – "esparramada" é a única palavra para descrever isso –, amontoada de uma forma que escondia os escombros das casas adjacentes. Era como a lama sob o violento golpe de um martelo. Nossa casa desabara. A parte da frente, mesmo no térreo, fora completamente destruída; por sorte, a cozinha e a copa haviam sobrevivido, só que soterradas, e as ruínas se cobriam por toneladas de terra por todos os lados, exceto a parte que dava para o cilindro. Estávamos dependurados na beira da grande vala circular em que os marcianos trabalhavam com tanto empenho. O pesado som de batidas vinha evidentemente de muito perto, logo atrás de nós, e de vez em quando um vapor verde e brilhante subia como um véu pelo nosso olho mágico.

O cilindro já estava aberto no centro da vala, e na extremidade mais distante do enorme buraco, em meio aos arbustos esmagados e aos amontoados de cascalho, uma daquelas grandes máquinas de guerra permanecia rígida e alta contra o céu noturno, abandonada por seu ocupante. A princípio, mal notei a vala e o cilindro, embora tenha sido conveniente descrevê-los primeiro, por causa não apenas do extraordinário mecanismo cintilante que observei trabalhando na escavação, mas também das estranhas criaturas que rastejavam lenta e penosamente pelo monte perto dele.

O mecanismo certamente chamou minha atenção primeiro. Era uma daquelas estruturas complexas que depois foram chamadas de máquinas de operação, cujos estudos impulsionaram intensamente as invenções terráqueas. À primeira impressão, parecia uma espécie de aranha metálica com cinco patas ágeis e articuladas e com um número extraordinário de longos tentáculos, barras e alavancas projetando-se do corpo. A maioria dos braços estava retraída, mas usando três tentáculos compridos ela pescava várias hastes e placas que revestiam a cobertura e aparentemente fortaleciam as paredes do cilindro. Conforme as peças eram extraídas, erguiam-nas e as depositavam sobre uma superfície plana de terra logo atrás.

Os movimentos eram tão rápidos, complexos e perfeitos que, a princípio, não a vi como uma máquina, apesar do brilho metálico. As máquinas de guerra eram coordenadas e animadas de uma forma extraordinária, mas nada comparado àquilo. As pessoas que nunca viram essas estruturas em ação e que contam apenas com ilustrações malfeitas ou com descrições incompletas de testemunhas oculares como eu são incapazes de compreender totalmente a qualidade daquele mecanismo vivo.

Lembro-me em especial da ilustração de um dos primeiros panfletos com uma narrativa sequencial da guerra. O artista evidentemente fizera um estudo apressado de uma das máquinas, e seu conhecimento encerrava-se aí. Ele as representou com tripés inclinados e rígidos, sem flexibilidade ou sutileza, o que sugeria uma monotonia de movimentos completamente enganosa. O panfleto teve uma repercussão considerável, e eu o menciono aqui simplesmente para alertar o leitor contra a impressão que as máquinas possam ter causado. Os desenhos se pareciam tanto com os marcianos que vi em ação quanto um boneco se parece com um ser humano. Na minha opinião, o panfleto teria ficado muito melhor sem eles.

No começo, a máquina de operação não me pareceu bem uma máquina, mas uma criatura que lembrava uma espécie de caranguejo com o tegumento brilhante, e o marciano controlando os movimentos dos delicados tentáculos era simplesmente o equivalente à porção cerebral do caranguejo. Mas então percebi a semelhança do tegumento marrom-acinzentado, brilhante e coriáceo, com o dos outros corpos espalhados mais além, e compreendi a verdadeira natureza desse hábil trabalhador. Assim, meu interesse se focou nessas outras criaturas, os verdadeiros marcianos. Eu já os vislumbrara antes, e a náusea não mais obscureceu minha observação. Além disso, estava escondido, imóvel, e não tinha pressa alguma.

Eles eram, eu via agora, as criaturas mais extraterrenas que se conseguem conceber, com enormes corpos redondos – ou melhor, cabeças – de cerca de um metro de diâmetro, cada qual com um rosto. A face era destituída de narinas – de fato, os marcianos não pareciam dotados de olfato –, mas tinha um par de grandes olhos escuros e, logo abaixo deles, uma espécie de bico carnudo. Na parte de trás da cabeça ou corpo – mal sei como descrevê-lo –, havia uma estreita superfície timpânica, mais tarde categorizada anatomicamente como uma orelha, embora devesse ser quase inútil em nosso ar denso. Agrupados ao redor da boca, dezesseis tentáculos delgados pareciam chicotes, dispostos em dois feixes de oito cada. O ilustre anatomista professor Howes posteriormente os nomeou, de maneira bastante apropriada, como mãos. Mesmo quando vi tais marcianos pela primeira vez, eles pareciam empenhar muito esforço para se levantar com essas mãos, mas, com o aumento do peso das condições terrestres, isso era impossível, claro. Há motivos para supor que em Marte eles as utilizavam para se locomover com alguma facilidade.

A anatomia interna desses seres, devo observar aqui, era bastante simples, conforme a dissecção mostrou depois. A maior parte de sua estrutura era o cérebro, de onde enormes nervos se estendiam aos olhos, ouvidos e tentáculos táteis. Depois, vinham os volumosos pulmões, para dentro dos quais a boca se abria, e o coração e seus vasos. O desconforto pulmonar causado pela densa atmosfera e também pela forte atração gravitacional ficava bastante evidente nos movimentos convulsivos da pele.

E assim eram os órgãos marcianos. Por mais estranho que pareça para nós, o complexo aparato digestivo, que compõe a maior parte do nosso corpo, inexistia neles. Eram formados por cabeças, e apenas por cabeças. Como não tinham entranhas, não se alimentavam e, portanto, não precisavam fazer digestão. Em vez disso, pegavam sangue fresco de outras criaturas vivas e o injetavam nas próprias veias. Eu mesmo testemunhei, como mencionarei em um momento oportuno , mas, por mais sensível que eu possa parecer, não consigo descrever a cena a que não suportei assistir. Digamos apenas que o sangue obtido de um animal ainda vivo, na maioria das vezes um ser humano, era transferido diretamente, por meio de uma pequena pipeta, para o canal receptor...

Essa simples ideia sem dúvida soa terrivelmente repulsiva para nós, mas, ao mesmo tempo, creio que devemos lembrar quão repulsivos nossos hábitos carnívoros pareceriam para um coelho inteligente.

As vantagens fisiológicas dessa prática são inegáveis, se pensarmos no tremendo desperdício de tempo e energia humanos ocasionados pela alimentação e pelo processo digestivo. Metade do nosso corpo é formado por glândulas, tubos e órgãos que transformam alimentos heterogêneos em sangue. Os processos digestivos e sua reação em nosso sistema nervoso sugam nossa força e alteram nossas mentes. Ficamos felizes ou infelizes com a saúde de nosso fígado ou de nossas glândulas gástricas. Mas os marcianos pairavam acima de todas essas flutuações orgânicas de humor e emoção.

A inegável preferência deles por seres humanos como fonte de nutrição é parcialmente explicada pela natureza dos restos das vítimas que trouxeram consigo de Marte. A julgar pelos restos atrofiados que mais tarde caíram em mãos humanas, essas criaturas eram bípedes, dotadas de esqueletos frágeis e siliciosos (quase como os das esponjas siliciosas) e musculatura débil, com cerca de um metro e oitenta de altura, cabeças redondas e eretas e grandes olhos localizados em cavidades finas. Duas ou três delas parecem ter sido trazidas em cada cilindro, e todas foram mortas antes de chegarem à Terra. E isso foi bom para elas, pois a mera tentativa de permanecerem em pé sobre o nosso planeta teria quebrado todos os ossos de seus corpos.

E, ainda envolvido nesta descrição, posso acrescentar detalhes complementares que permitirão ao leitor que não conhece essas desagradáveis criaturas formar uma imagem mais clara delas, embora nem se conhecessem todos esses detalhes na época.

A fisiologia dos marcianos diferia da nossa de forma bizarra em outros três pontos. Primeiro, seu organismo não dormia, assim como nosso coração não dorme. Em razão de não terem um mecanismo muscular muito extenso que precisasse se recuperar, desconheciam esse descanso periódico. Eles tinham pouca ou nenhuma sensação de fadiga, ao que parece. Na Terra, nunca conseguiam se mover sem esforço – mas se mantiveram em ação até o último momento. Em um período de vinte e quatro horas, trabalhariam durante as vinte e quatro horas, como talvez seja o caso das formigas.

Em segundo lugar, os marcianos eram absolutamente desprovidos de sexo. Por mais maravilhoso que nos pareça um mundo sexual, considere que eles não precisavam enfrentar nenhuma das tumultuadas emoções que surgem dessa condição humana. Um jovem marciano, agora não restam dúvidas, realmente nasceu na Terra durante a guerra, e foi encontrado ligado a seu progenitor, como se tivesse *brotado* dele, assim como bulbos de lírio ou pólipos de água doce.

Em humanos e em todos os animais terrestres superiores, esse método de procriação acabou se extinguindo, mas mesmo aqui foi certamente o método primitivo. Entre os animais inferiores, e até nas evoluções dos primeiros animais vertebrados, os tunicados, os dois processos ocorrem lado a lado, mas, finalmente, o método sexual substituiu por completo o seu concorrente. Em Marte, no entanto, apenas o inverso parece ter ocorrido.

É digno de nota que certo escritor especulativo de reputação quase científica, muito antes da invasão marciana, previu que os humanos teriam uma estrutura final não muito diferente da atual condição marciana. Lembro-me de que sua profecia foi divulgada em novembro ou dezembro de 1893 em uma publicação extinta, o *Pall Mall Budget*, e lembro-me de uma caricatura em um periódico pré-marciano chamado *Punch*. Ele afirmou, em um tom tolo e brincalhão, que os aparelhos mecânicos substituiriam nossos membros com perfeição, os dispositivos químicos, nossa digestão, que órgãos como cabelos, nariz, dentes, ouvidos e queixo não seriam mais partes essenciais do ser humano, tudo resultante da tendência da seleção natural, o enxugamento constante do nosso organismo durante as eras vindouras. Somente o cérebro permaneceria uma necessidade fundamental, e também uma outra parte do corpo: a mão, "mestre e agente do cérebro". Enquanto o restante do corpo diminuiria, as mãos aumentariam.
    Muitas verdades são escritas em tom de brincadeira; no caso dos marcianos, sem dúvida observamos que o lado animal de seu organismo foi suprimido pela inteligência. Para mim, é bastante plausível que os marcianos descendam de seres não muito diferentes de nós mesmos, nos quais ocorreu um desenvolvimento gradual do cérebro e das mãos – que, por sua vez, acabaram dando origem aos dois feixes de tentáculos delicados – à custa do restante do corpo. Sem o corpo, o cérebro se tornaria, obviamente, fonte de inteligência egoísta, sem nenhum substrato emocional humano.
    O último ponto relevante que diferia os sistemas dessas criaturas dos nossos estava no que alguém talvez considerasse um elemento muito trivial. Os microrganismos, que causam tantas doenças e sofrimento na Terra, nunca apareceram em Marte – ou a ciência sanitária marciana os eliminara eras atrás. Centenas de doenças, febres e contaminações da vida humana – tuberculose, câncer, tumores e morbidades tais – jamais adentraram o esquema da vida dos marcianos.

E, falando das diferenças entre a vida em Marte e na Terra, menciono aqui as curiosas implicações da chamada erva-vermelha.

Aparentemente, o reino vegetal marciano, em vez de ser dominado pela cor verde, é de um tom vívido de vermelho-sangue. De qualquer forma, as sementes que os marcianos – intencional ou acidentalmente – trouxeram consigo deram origem, em todos os casos, a brotos avermelhados. No entanto, somente a que ficou conhecida popularmente como erva-vermelha conseguiu competir com as formas terrestres. A trepadeira-vermelha teve um desenvolvimento bastante passageiro, e poucas pessoas a viram crescer. Porém, a erva-vermelha cresceu com espantoso vigor e exuberância por um tempo, espalhando-se pelas laterais da vala no terceiro ou quarto dia de nosso confinamento, com galhos que lembravam cactos formando uma franja carmim nas bordas de nossa janela triangular. E depois eu a encontrei por toda a região, especialmente onde houvesse um fluxo d'água.

Nos marcianos havia o que parecia um órgão auditivo, um único tímpano redondo na parte de trás do corpo-cabeça, e olhos com um alcance visual não muito diferente do nosso, exceto que, segundo Philips, azul e violeta eram preto para eles. Supõe-se que se comunicavam através de sons e gestos tentaculares. Isso é afirmado, por exemplo, no panfleto eficaz, mas compilado às pressas (evidentemente escrito por alguém que não foi testemunha ocular das ações marcianas) que já mencionei e que, até agora, tem sido a principal fonte de informações sobre tais criaturas. Mas nenhum ser humano vivo viu tantos marcianos em ação quanto eu. Não me vanglorio por acaso, pois é verdade. E afirmo que os observei de perto várias vezes, e que vi quatro, cinco e (uma vez) seis deles executando lentamente as operações mais complicadas e elaboradas juntos, sem emitir qualquer som nem gesticular. Seu uivo peculiar invariavelmente precedia a alimentação; não tinha modulação e, creio, não era, em nenhum sentido, um sinal, mas apenas a expiração do ar, como uma preparação para a operação succional. Meu conhecimento de psicologia é elementar e, nesse assunto, estou firmemente convencido de que os marcianos compartilhavam pensamentos sem nenhuma intermediação física. E estou convencido apesar de fortes preconceitos. Antes da invasão marciana, eu havia escrito com certa veemência contra a teoria telepática, como um leitor ocasional aqui ou ali pode se lembrar.

Os marcianos não usavam roupas. Suas concepções de ornamento e decoro necessariamente diferiam das nossas, e eles não apenas eram evidentemente muito menos sensíveis às mudanças de temperatura que nós, mas também as mudanças de pressão tampouco pareciam afetar sua saúde. No entanto, embora não usassem roupas, sua superioridade sobre os humanos estava nas outras adições artificiais a seus recursos corporais. Nós, seres humanos, com nossas bicicletas e patins, nossas máquinas voadoras Lilienthal, nossas armas e pistolas e assim por diante, estamos apenas no começo da evolução que os marcianos já alcançaram. Eles tornaram-se praticamente meros cérebros, vestindo corpos diferentes de acordo com as necessidades, assim como os humanos vestem roupas e andam de bicicleta quando estão com pressa ou usam guarda-chuva quando está chovendo. E talvez nada seja mais extraordinário para um ser humano que o curioso fato de que o mecanismo dominante em quase todos os nossos dispositivos esteja ausente nos deles: a roda. Dentre todas as coisas que eles trouxeram para a Terra, não há vestígios ou sugestões do uso de rodas. Nós ao menos esperaríamos vê-las usadas em sua locomoção. E, nesse contexto, é interessante observar que, mesmo na Terra, a natureza nunca se utilizou da roda, ou preferiu outros expedientes ao seu desenvolvimento. E não apenas os marcianos a desconheciam – o que é incrível – ou se abstinham de usá-la, mas em seus aparelhos pouco se usa o eixo fixo ou o eixo relativamente fixo, com movimentos circulares limitados a um plano. Quase todas as juntas das máquinas desses seres apresentam um sistema complicado de peças deslizantes que se deslocam sobre rolamentos de fricção pequenos, mas lindamente curvados. E, apesar desses detalhes, é notável que as longas alavancagens de suas máquinas sejam, na maioria dos casos, acionadas por uma espécie de musculatura falsa dos discos em uma bainha elástica; esses discos se tornam polarizados e atraídos de maneira estreita e poderosa quando atravessados por uma corrente elétrica. Dessa maneira, eles alcançavam um curioso paralelismo com o movimento dos animais – algo muito impressionante e perturbador para um observador humano. Esses quase músculos abundavam na máquina de operação em forma de caranguejo que vi descarregando o cilindro, naquela primeira vez que espiei pela fenda. Parecia infinitamente mais viva que os marcianos além dela sob a luz do poente, ofegando, agitando tentáculos ineficazes e movendo-se fracamente após sua longa jornada através do espaço.

Enquanto eu ainda observava aqueles movimentos lentos na luz do sol, prestando atenção a cada estranho detalhe de sua aparência, o pároco lembrou-me de sua presença puxando violentamente meu braço. Virei-me para topar com um rosto carrancudo e lábios eloquentes e silenciosos. Ele queria espiar a fenda, que só comportava um de cada vez, e assim fui obrigado a deixar de observá-los por um tempo enquanto ele desfrutava esse privilégio.

Quando olhei novamente a cena, a atarefada máquina de operação já havia reunido várias das peças que retirara do cilindro em uma forma inconfundivelmente parecida com a sua, e, à esquerda, surgira um pequeno e agitado equipamento de escavação, emitindo jatos de vapor verde e percorrendo a vala, escavando e trabalhando de maneira metódica e criteriosa. Era isso o que causara o barulho regular de batidas e o baque rítmico que mantiveram tremendo nosso refúgio arruinado. A máquina apitava e assobiava. Até onde consegui observar, ela funcionava sem o comando de nenhum marciano.

III
DIAS DE APRISIONAMENTO

A chegada da segunda máquina de guerra nos levou do nosso olho mágico à copa, pois temíamos que, de onde estivessem, os marcianos conseguiram nos ver através de nossa barreira. Dias depois, como nosso refúgio não parecia visível para um olho ofuscado pela luz do sol, a sensação de perigo começou a diminuir – ainda assim, uma mínima possibilidade de aproximação nos levava de volta à copa. No entanto, mesmo cientes do perigo iminente, nós dois nos sentíamos sob o fascínio da curiosidade. E agora me lembro, não sem algum assombro, que, apesar da ameaça infinita em que estávamos, a inanição e uma morte ainda mais horrível, continuávamos a lutar amargamente por aquele terrível privilégio da visão. Corríamos pela cozinha de um jeito grotesco, ansiosos e mortos de medo, e nos batíamos, nos empurrávamos, nos chutávamos, tudo isso a poucos centímetros da exposição.

Na verdade, tínhamos temperamentos e hábitos extremamente incompatíveis, e o perigo e o isolamento só acentuavam esse detalhe. Em Halliford, passei a odiar o truque do pároco de recorrer à exclamação indefesa, demonstrando uma rigidez mental imbecil. Aquele monólogo resmungado de modo incessante anulava qualquer esforço possível para eu pensar em um plano, chegando, muitas vezes, a me levar à beira da loucura. A falta de moderação assemelhava-se à de uma mulher boba. Ele passava horas chorando, e acredito piamente que passou o resto da vida certo de que suas débeis lágrimas surtiam certa eficácia. E eu me sentava na escuridão, incapaz de não pensar nessa perturbação. Ele comia mais do que eu, e em vão observei que nossa única chance de sobrevivência era ficar na casa até que os marcianos concluíssem a construção da vala, acrescentando que nesse longo tempo poderíamos precisar de comida. Ele comia e bebia impulsivamente refeições pesadas em longos intervalos. E dormia pouco.

Com o passar dos dias, o descuido e a falta de consideração do pároco agravaram tanto nosso tormento diante do perigo que precisei, por mais que odiasse, recorrer a ameaças e, por fim, a socos e safanões. Essas atitudes o trouxeram à razão por algum tempo. Mas ele era uma dessas criaturas fracas e sem orgulho, almas medrosas e odiáveis repletas de falsa astúcia e que não se submetem a Deus nem a ninguém, nem a si mesmas.

É desagradável pensar e escrever sobre essas coisas, mas nenhum detalhe pode faltar à minha história. Aqueles que escaparam dos aspectos sombrios e terríveis da vida avaliaram muito mal minha brutalidade, meu acesso de raiva em nossa tragédia final – pois sabem o que é errado, como qualquer outra pessoa, mas não o que é possível para seres humanos em sofrimento. Quem esteve sob a sombra, no entanto, quem se rebaixou diante de coisas elementares, estes terão mais caridade.

E enquanto, no lado de dentro, travávamos nossa competição de sussurros, comidas e bebidas roubadas e golpes sujos, no lado de fora, sob a impiedosa luz solar daquele terrível junho, arrastava-se a rotina pouco familiar dos marcianos na vala. Retornarei então a essas novas experiências que vivi. Depois de um longo tempo, voltei ao ponto de vigia e descobri que os recém-chegados haviam recebido reforços de não menos do que três máquinas de guerra com aparelhos novos que agora se encontravam sobre o cilindro. A segunda máquina de operação estava completa, e se ocupava com um dos novos dispositivos trazidos pela máquina grande. Tinha o formato de um recipiente de leite sobre o qual oscilava um receptáculo piriforme e do qual uma rajada de poeira branca saía para uma bacia circular abaixo.

O movimento oscilatório era compartilhado por um tentáculo da máquina de operação. Com dois braços de espátula, essa máquina estava cavando e atirando massas de barro em um receptáculo piriforme um pouco mais acima, enquanto com outro abria periodicamente uma porta e removia clínqueres enferrujados e enegrecidos da parte do meio da máquina. Outro tentáculo dirigia a poeira da bacia por um canal nervurado em direção a algum receptor que estava invisível em razão do monte de poeira azulada. Dele, subia verticalmente pelo ar um pequeno fio de fumaça verde. Enquanto eu olhava, a máquina de operação, com sons fracos e musicais, estendeu telescopicamente um tentáculo que havia sido apenas uma projeção obtusa até que sua ponta se escondesse atrás do monte de barro. Pouco depois, ela levantou uma barra de alumínio branco ainda imaculado e brilhando sob o sol e a depositou sobre uma pilha crescente de barras na lateral da vala. Entre o crepúsculo e o amanhecer, aquela máquina habilidosa devia ter feito mais de cem barras assim no barro cru, e o monte de poeira azulada cresceu tanto até exceder a lateral da vala.

O contraste entre os movimentos ágeis e complexos desses aparelhos e a falta de jeito ofegante de seus mestres era marcante, e por dias precisei repetir para mim mesmo quais eram os seres vivos.

O pároco estava observando quando levaram os primeiros homens à vala. Eu estava sentado mais abaixo, aninhado, ouvindo tudo com atenção. Ele deu um pulo para trás, e eu, com medo de nos terem visto, me encolhi em um espasmo de terror. O pároco desceu pelo lixo e rastejou para o meu lado na escuridão. Gesticulava sem emitir som algum, e por um momento senti seu pânico.

Os gestos sugeriam desistência do ponto de vigia e, quando minha curiosidade cedeu à coragem, fiquei de pé, passei por ele e subi até lá. No começo, não vi motivo para tal comportamento. A noite caíra, as estrelas eram pequenas e baças, mas a vala estava iluminada pelo fogo verde do processo de fundição do alumínio. Toda a imagem formava uma cena tremeluzente de brilhos verdes e sombras escuras difíceis aos olhos. Os morcegos passavam desatentos ao que acontecia. Eu não conseguia mais ver os marcianos – o monte de poeira verde-azulada os havia escondido por completo, e uma máquina de guerra de pernas comprimidas encontrava-se em um canto da vala. E então, em meio ao clangor do maquinário, surgiu um indício de vozes humanas que logo ignorei.

Eu me abaixei, observando com atenção a máquina de guerra e conseguindo vislumbrar pela primeira vez um marciano no controle. Com o levantar das chamas verdes, vi o reflexo oleoso de seu tegumento e o brilho dos olhos. De repente, ouvi um grito e observei um longo tentáculo passar pelo ombro da máquina em direção à pequena gaiola nas costas dela. E então, alguma coisa – alguma coisa que se debatia violentamente – foi tirada de lá e levantada, um enigma contra a luz das estrelas. Conforme desciam o misterioso objeto até o chão, vi pela claridade verde que se tratava de um homem. Por um instante, ele ficou claramente visível. Um homem de meia-idade, robusto, corado e bem-vestido, que três dias antes provavelmente andava livre pelo mundo – um homem de importância considerável. Vi seus olhos arregalados e os reflexos da luz nos botões da roupa e na corrente do relógio. Então, ele desapareceu por trás do monte, e por um momento pairou apenas o silêncio. E logo depois ouvi um grito seguido de uivos de comemoração dos marcianos.

Deslizei pelo lixo, fazendo o possível para ficar de pé, cobri os ouvidos com as mãos e corri para a copa. O pároco, que estivera encolhido em silêncio com os braços por cima da cabeça, levantou os olhos enquanto eu passava, protestou em voz alta contra meu abandono e correu atrás de mim.

Naquela noite, escondidos na copa e presos entre o terror e o horrível fascínio de nossa posição, embora sentisse uma necessidade urgente de ação, tentei pensar em algum plano de fuga; entretanto, depois, no segundo dia, fui capaz de considerar a situação com mais clareza. Descobri que o pároco era incapaz de manter uma conversa; a nova atrocidade lhe roubara qualquer vestígio de razão. Para todos os efeitos, tornara-se um animal. Portanto, como diz o ditado, tomei as rédeas da situação. Quando me senti capaz de encarar os fatos, comecei a pensar que, mesmo naquela terrível posição, ainda não havia motivo para desespero. Nossa maior esperança estava na possibilidade de os marcianos verem a vala como não mais que um acampamento temporário. Ou, caso resolvessem mantê-la permanentemente, talvez não vissem necessidade em preservá-la, e uma chance de fuga poderia aparecer daí. Pensei também com muita cautela na possibilidade de cavarmos uma saída em uma direção oposta à da vala, mas as chances de emergirmos e encontrarmos uma máquina de guerra sentinela me pareceram significativas demais. Além disso, eu teria que cavar sozinho. O pároco com certeza me deixaria na mão.

Foi no terceiro dia, se me lembro bem, que presenciei a morte do menino, a única ocasião em que cheguei a ver os marcianos se alimentarem. Depois dessa experiência, evitei o buraco na parede por quase um dia inteiro. Fui até a copa, removi a porta e passei horas cavando o mais silenciosamente possível com minha machadinha, porém, ao chegar a um buraco de cerca de meio metro de profundidade, a terra solta despencou com um estrondo, então não ousei continuar. Sem coragem, apenas me deitei no chão da copa por um longo tempo, desanimado até mesmo para me mover. Nesse momento, abandonei por completo a ideia de escavar para fugir.

A impressão que os marcianos despertaram em mim fica clara quando vemos que não tive nenhuma esperança imediata de fuga por meios humanos. Na quarta ou quinta noite, porém, ouvi um som parecido com o de artilharia pesada.

Estava muito tarde, e a lua resplandecia no céu. Os marcianos haviam retirado a máquina de escavação e, a não ser por uma máquina de guerra parada na margem mais distante da vala e uma máquina de operação enterrada fora do meu campo de visão, o local estava livre deles. Com exceção do brilho pálido da máquina de operação e das barras e de um pouco de luar aqui e ali, a vala mergulhava na escuridão. Tudo, exceto os cliques do maquinário, em completo silêncio. A noite transmitia uma serenidade maravilhosa. A não ser por um planeta, o céu era todo da lua. Até que um som familiar de uivo de cão me fez prestar atenção no que estava acontecendo. Então, ouvi um estrondo parecido com o som de armas de fogo. Contei seis diferentes estampidos e, depois de um longo intervalo, mais seis. E foi isso.

IV

A MORTE DO PÁROCO

No sexto dia de aprisionamento espiei os marcianos pela última vez e me descobri sozinho. Em vez de ficar perto de mim e tentar me afastar daquele posto, o pároco voltara à copa. Uma ideia então me ocorreu. Entrei lá em silêncio. Ouvi o pároco bebendo na escuridão. Estendi a mão, e meus dedos pegaram uma garrafa de vinho.

A luta durou alguns minutos. A garrafa acabou batendo no chão e quebrando-se, então desisti e me levantei. Ficamos ofegando e nos ameaçando. No fim, plantei-me entre ele e a comida e o informei de minha determinação de começar a discipliná-lo. Dividi a comida da despensa em rações que durariam dez dias. Eu não lhe permitiria comer mais do que aquilo. Durante a tarde, ele fez um esforço débil de conseguir mais comida; eu estava cochilando, mas acordei em um instante. Sentamo-nos cara a cara por todo o dia e toda a noite. Eu estava cansado, mas resoluto, e ele estava chorando e reclamando de fome. Passaram-se uma noite e um dia, tempo que me pareceu – e ainda parece – interminável.

E assim nossa incompatibilidade acabou em conflito aberto. Por dois longos dias, discutimos em voz baixa e nos embolamos no chão. Houve momentos em que eu o soquei e chutei, momentos em que o convenci e persuadi, e uma vez tentei suborná-lo com a última garrafa de vinho, pois havia uma bomba por onde conseguíamos água da chuva , mas, força ou gentileza, nada adiantou. Perdido, ele não desistia nem dos ataques à comida nem do resmungar barulhento.

Não respeitava as precauções rudimentares para manter nosso esconderijo. Aos poucos, comecei a perceber que ele perdia a razão, a ver que minha única companhia na escuridão era um louco.

De certas lembranças vagas, tendo a pensar que minha própria mente não estava sempre certa. Eu era assolado por sonhos estranhos e horríveis sempre que pegava no sono. Sei que soa paradoxal, mas estou inclinado a pensar que a fraqueza e a insanidade do pároco me alertaram, protegendo-me e mantendo-me são.

No oitavo dia, ele abandonou os sussurros e começou a falar em voz alta, e nada o fazia baixar o tom.

– É justo, ó Deus! – ele repetia sem parar. – É justo. Que a punição seja minha e caia sobre mim. Nós pecamos, nós decepcionamos o Senhor. Havia pobreza, tristeza, os pobres eram jogados na sujeira enquanto eu estava em paz. Julguei aceitável, meu Deus, aceitável! Quando deveria ter me revoltado, ainda que morresse por isso, e ordenado que se arrependessem! Os opressores dos pobres e necessitados! A prensa de Deus!

E então, ele voltava a falar sobre a comida que eu não lhe permitia comer, rezando, implorando, chorando, ameaçando e começando a levantar a voz, apesar de eu implorar que não fizesse isso. Ameaçou gritar e chamar os marcianos. Confesso que me assustei, mas qualquer concessão teria diminuído nossas chances de fuga. Desafiei-o a berrar, ainda que sem garantias de que ele não teria coragem de fazê-lo. Naquele dia, pelo menos, não fez. Ele levantou a voz aos poucos pela maior parte do oitavo e do nono dia – ameaças, súplicas, uma torrente de penitências malucas por vergonha diante de Deus. Senti até pena. Dormiu um pouco e recomeçou com a força renovada, em voz tão alta que eu precisava intervir.

– Silêncio! – implorei.

Ele ficou de joelhos, pois estivera sentado na escuridão próximo ao cobre.

– Fiquei em silêncio por tempo demais – ele disse em um tom que devia ter alcançado a vala –, e agora preciso testemunhar. Pobre desta cidade infiel! Pobre! Pobre! Pobre! Pobre! Pobre! Aos habitantes da Terra, por razão das outras vozes do trombone...

– Cale a boca! – eu disse, ficando de pé e aterrorizado pela possibilidade de ser ouvido pelos marcianos. – Pelo amor de Deus...

– Não! – gritou o pároco, ficando também de pé e abrindo os braços. – Fale! A palavra do Senhor está comigo!

Em três passos, ele chegou à porta que levava à cozinha.

– Preciso testemunhar! E vou! Já demorei demais.

Estendi a mão e senti o cutelo pendurado na parede. Pouco depois, ainda que louco de medo, eu estava atrás do pároco. Alcancei-o antes que chegasse à metade do caminho. Com um último toque de humanidade, virei a lâmina e o acertei com o cabo. O homem caiu imóvel de cara no chão. Ofegante, passei por cima dele.

De repente, ouvi vindo de fora um barulho na parede, cuja abertura triangular escureceu. Olhei para cima e vi a superfície inferior de uma máquina de operação passando lentamente pelo buraco, um de seus membros enrolado entre os escombros, e logo outro abrindo caminho em meio às vigas caídas. Sem reação, fiquei petrificado. Então vi, por uma espécie de placa de vidro próxima à beirada, o rosto, por assim dizer, e os olhos escuros de um marciano, pouco antes de um longo tentáculo mecânico passar pelo buraco à procura de algo.

Obriguei-me a virar, passei pelo pároco e parei na porta da copa. O tentáculo agora ocupava dois metros ou mais do cômodo, dançando com movimentos estranhos e repentinos, para lá e para cá. Por um momento, eu me detive, hipnotizado pelo avanço lento e espasmódico, e então, depois de um grito abafado e rouco, me obriguei a entrar na copa. Tremia violentamente, mal conseguindo ficar em pé. Abri a porta do depósito de carvão e fiquei ali, parado, encarando a porta mal iluminada para a cozinha – e ouvindo. Teria o marciano me visto? O que ele estaria fazendo?

Alguma coisa se movia muito silenciosamente lá dentro. De vez em quando, batia contra a parede ou se movimentava emitindo um barulho metálico que lembrava o de chaves. Um corpo pesado, cujo dono eu conhecia muito bem, foi arrastado pelo chão da cozinha em direção à abertura. Irresistivelmente atraído, aproximei-me da porta e espiei. No triângulo de luz exterior, vi o marciano, dentro de sua máquina de operação hecatônquira, esquadrinhando a cabeça do pároco. Pensei que ele conseguiria pressupor minha presença em razão da marca da pancada.

Afastei-me de volta para o depósito, fechei a porta e comecei a me esconder o mais silenciosamente possível na escuridão, cobrindo-me entre a lenha e os carvões. Em alguns momentos parava, rígido, para ouvir se o marciano enfiara mais uma vez os tentáculos pela abertura.

E então, o barulho metálico voltou. Eu o ouvi na cozinha. Depois, escutei-o mais próximo – na copa. Pensei que, pelo comprimento do tentáculo, talvez não chegasse até mim. Rezei com fervor. Ele passou, roçando ligeiramente contra a porta do depósito. Após um momento de suspense quase intolerável, eu o ouvi tentando abrir o trinco. Havia encontrado a porta! Os marcianos entendiam como funcionavam as portas!

Tive talvez um minuto para me preocupar, e a porta se abriu.

Na escuridão, vi a coisa – mais parecida com a tromba de um elefante – serpentear em minha direção, tocando e examinando a parede, os carvões, a lenha e o teto. Assemelhava-se a um verme escuro balançando a cabeça cega para frente e para trás.

Uma vez, chegou a tocar a ponta da minha bota. À beira do grito, mordi a mão para não fazer barulho. O tentáculo silenciou. Quase pensei que tinha se retirado. Até que, com um clique abrupto, ele pegou algo – achei que fosse eu! – e pareceu sair do depósito.

Duvidei por um minuto. Ele parecia ter agarrado um pedaço de carvão para examinar.

Aproveitei a oportunidade para mudar ligeiramente minha posição, que se tornara incômoda, e escutei. Rezei de novo por minha segurança.

E então, ouvi o som lento e cuidadoso mais uma vez em minha direção. Devagar, ele se aproximou, roçando contra as paredes e batendo na mobília.

Enquanto eu ainda duvidava, ele bateu contra a porta do depósito e a fechou. Ouvi-o entrar na despensa, as latas de biscoitos chacoalharam e uma garrafa se quebrou, e então um golpe pesado contra a porta do depósito. O silêncio se transformou em um suspense interminável.

Teria ido embora?

Então, decidi que sim.

Aquela coisa não mais invadiu a copa, mas passei o décimo dia deitado na escuridão, enterrado entre carvões e lenha, sem ousar sair para beber a água de que tanto precisava. O décimo primeiro dia chegou antes de eu reunir coragem para sair do esconderijo.

V

O SILÊNCIO

Meu primeiro ato antes de entrar na despensa foi fechar a porta entre a cozinha e a copa. Mas a despensa estava vazia; cada resto de comida desaparecera. Aparentemente, o marciano havia levado tudo no dia anterior. Portanto, entrei em desespero pela primeira vez. Não comi nem bebi nada no décimo primeiro e no décimo segundo dia.

No começo, minha boca e garganta ressecaram e minha disposição baixou consideravelmente. Limitei-me a ficar sentado na escuridão da copa, em um estado de miséria sem esperança. Minha mente só pensava em comer. Pensei ter ensurdecido, pois os barulhos e o movimento com os quais me habituara na vala desapareceram por completo. Não me sentia forte sequer para me arrastar até o posto de vigia, senão teria ido.

No décimo segundo dia, minha garganta doía tanto que, mesmo diante da possibilidade de alarmar os marcianos, ataquei a bomba ao lado da pia e consegui dois copos de água suja da chuva. Isso me refrescou muito, e me encorajou o fato de que nenhum tentáculo curioso seguira o barulho da bomba.

Durante esses dias, pensei de forma desconexa e inconclusiva no pároco e em sua morte.

No décimo terceiro dia, bebi mais água, dormi e pensei em comer e em planos de fuga vagos e inviáveis. Sempre que dormia, sonhava com fantasmas horríveis, com a morte do pároco ou com jantares suntuosos, mas, dormindo ou acordado, sentia uma dor violenta que me fazia beber mais e mais. A luz que entrava na copa não era mais cinzenta, mas vermelha. Para minha imaginação desconcertada, a cor do sangue.

No décimo quarto dia, entrei na cozinha e me surpreendi ao ver que as frondes da erva-vermelha haviam crescido pelo buraco na parede, transformando a meia-luz em uma obscuridade carmesim.

Na manhã do décimo quinto dia, ouvi uma sequência curiosa e familiar de sons na cozinha e, prestando mais atenção, percebi que eram o fungar e arranhar de um cachorro. Chegando lá, vi um focinho entre as frondes avermelhadas. Que surpresa! Quando sentiu meu cheiro, ele deu um latido curto.

Pensei que, se conseguisse induzi-lo a entrar em silêncio, poderia, quem sabe, matá-lo e comê-lo; em todo caso, matá-lo se revelava a única opção, pois as ações do animal poderiam atrair a atenção dos marcianos.

Arrastei-me para frente e disse "Bom menino!" em voz baixa, mas ele se afastou, e a cabeça desapareceu.

Eu escutei – não estava surdo! –, mas a vala continuava silenciosa. Ouvi o som de um pássaro e um coaxar rouco, e mais nada.

Fiquei muito tempo perto do olho mágico, sem ousar sequer afastar as plantas vermelhas que o obscureciam. Vez ou outra escutei um som abafado, talvez os passos do cachorro na areia, e mais sons de pássaros, mas nada além disso. Por fim, encorajado pelo silêncio, pus a cabeça para fora.

A não ser pelo canto onde uma multidão de corvos pulava e brigava pelos esqueletos dos mortos que os marcianos tinham consumido, não havia vivalma na vala.

Olhei em volta, sem querer acreditar nos meus olhos. Todo o maquinário desaparecera. Não fosse pelo imenso monte de poeira azulada em um canto, certas barras de alumínio em outro, os pássaros negros e os esqueletos, aquele lugar poderia ser uma mera vala circular na areia.

Devagar, passei pela erva-vermelha e parei diante do monte de lixo. Conseguia enxergar em qualquer direção, exceto o norte, e não havia marcianos nem sinal deles em lugar algum. A vala estava bem diante de mim, mas o lixo formava um declive prático até as ruínas. Minha chance de fugir. Comecei a tremer.

Hesitei por algum tempo, e então, em um sopro de decisão desesperada e com o coração batendo feito louco, subi até o topo do monte em que passara tanto tempo enterrado.

Olhei em volta de novo. Nenhum marciano ao norte.

Da última vez que pusera os olhos em Sheen à luz do dia, a rua estava repleta de casas brancas e vermelhas intercaladas com várias árvores. Naquele instante, eu estava parado sobre um monte de tijolos, barro e cascalho sobre o qual crescia até os joelhos uma grande quantidade de plantas em formato de cactos, sem nenhuma outra terrestre para disputar o terreno. As árvores à minha volta estavam mortas, mas um pouco adiante uma rede de fios vermelhos subia pelos talos ainda vivos.

Apesar de as casas terem sido destruídas, nenhuma fora queimada. As paredes continuavam de pé, em alguns casos até o segundo andar, ainda que com janelas quebradas e portas destroçadas. A erva-vermelha se espalhava pelos cômodos descobertos. Abaixo de mim se encontrava a grande vala, onde os corvos disputavam os restos. Alguns outros pássaros pulavam pelas ruínas. Ao longe, um gato abatido se esgueirou por um muro; não havia traços de seres humanos em lugar algum.

O dia parecia, em contraste com meu confinamento, ofuscante, o céu estourando em azul. Uma brisa agradável balançou a erva-vermelha que cobria cada pedaço de chão desocupado. Ah! O frescor do ar!

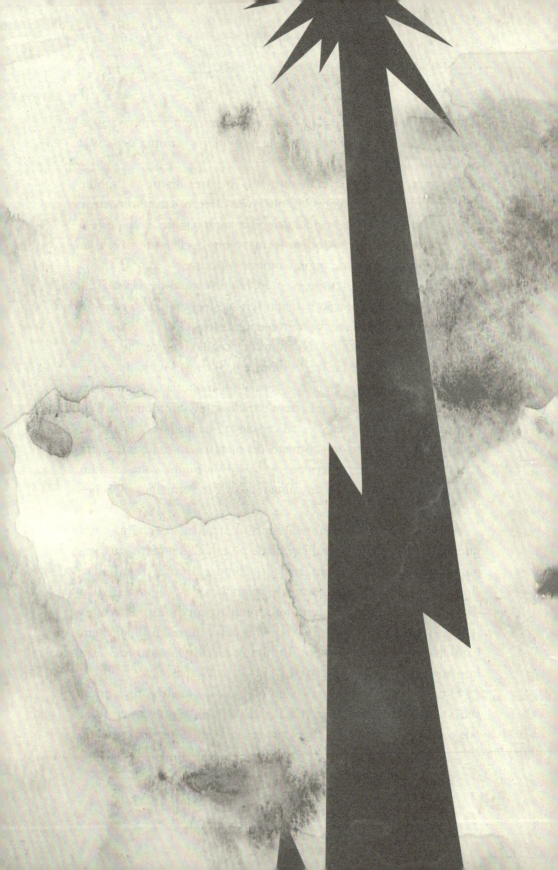

VI
O TRABALHO DE QUINZE DIAS

Passei algum tempo cambaleando sobre o monte, sem me preocupar com a segurança. Na horrível toca de onde havia saído, eu só me preocupara com isso. Não percebia o que estava acontecendo no mundo, não esperava aquela visão alarmante de coisas desconhecidas. Esperava ver Sheen em ruínas – à minha volta, a paisagem parecia estranha e sinistra, como um outro planeta.

Naquele momento, fui invadido por uma emoção além do espectro comum do ser humano, mas a qual os pobres brutos que dominamos conhecem muito bem. Senti-me como um coelho poderia se sentir ao retornar para a toca e encontrar uma dúzia de operários cavando a base de uma casa. Senti o primeiro indício de uma coisa que se evidenciava na minha mente, a qual me oprimia havia muitos dias, uma sensação de deposição, uma ideia de que eu não era mais um mestre, mas um animal entre outros animais debaixo da bota de Marte. Agiríamos como animais: escondidos, acuados. O medo e o império do ser humano pertenciam ao passado.

Porém, essa estranheza passou tão rápido quanto me dominou, e meu principal instinto centrou-se na fome. A certa distância da vala, pouco além de um muro coberto de vermelho, vi um jardim desencavado. Isso me deu uma ideia, e entrei até os joelhos – e, em certos momentos, até o pescoço – na erva-vermelha, cuja densidade me dava uma sensação tranquilizadora de proteção. O muro tinha cerca de dois metros de altura, e, quando tentei escalá-lo, descobri que não conseguia passar o pé por cima dele. Então, contornei-o e cheguei a um canto onde uma pedra me permitiria chegar ao topo e jogar o corpo para o jardim. Encontrei lá algumas cebolas verdes, alguns bulbos de gladíolo e uma quantidade decente de cenouras imaturas; peguei todas essas coisas e, arrastando-me por um muro em ruínas, segui meu caminho pelas árvores avermelhadas em direção a Kew. Era como andar por uma avenida de gotas de sangue gigantescas. Duas ideias me norteavam: conseguir mais comida e sair daquela região amaldiçoada da vala o mais rápido possível, indo para bem longe dali.

Certo tempo depois, em um local gramado, encontrei não só um grupo de cogumelos que também devorei, mas também um fluxo marrom de água rasa, onde antes havia pradarias. Porém, essas migalhas de comida serviram apenas para atiçar minha fome. No começo, fiquei surpreso com a água em um verão quente e seco, mas depois descobri que ela ali estava em razão da exuberância tropical da erva-vermelha. A planta extraordinária havia encontrado água e se espalhado por todo lado, com fecundidade incomparável. As sementes caíam nas águas do Wey e do Tâmisa, e as frondes em crescimento se apressavam em sufocar os dois rios.

Em Putney, como vi mais tarde, a ponte quase se perdera no emaranhado da erva, e em Richmond, a água do Tâmisa também procurava caminho com um fluxo amplo e raso pelas pradarias de Hampton e Twickenham. A erva seguia a expansão da água até que as casas arruinadas do vale do Tâmisa se perderam por um tempo naquele pântano vermelho, cuja margem explorei, e assim muito se escondeu a desolação causada pelos marcianos.

No fim, a erva-vermelha sucumbiu quase tão rapidamente quanto tinha se espalhado, atingida, acredita-se, pela ação de certas bactérias. E então, devido à seleção natural, todas as plantas terrestres haviam adquirido poder de resistência contra doenças bacterianas – não sucumbiam sem lutar, mas a erva-vermelha apodrecia como algo que já estava morto. As frondes se tornaram pálidas, murchas e frágeis, partindo-se ao menor toque, e as águas que tinham estimulado o crescimento prematuro carregaram os últimos vestígios para o mar.

É claro que minha primeira ação diante da água foi matar a sede. Bebi um bocado dela e, movido por impulso, mastiguei um pouco das frondes de erva-vermelha, mas estavam aguadas e tinham um gosto doentio e metálico. Descobri que a água era rasa, o que me permitia vaguear em segurança, apesar de a erva-vermelha obstruir um pouco meus passos. O fluxo claramente ficava mais fundo em direção ao rio, e voltei para Mortlake. Consegui sair da estrada graças à ajuda de ruínas, cercas e lamparinas, então me desvencilhei da torrente e segui para a colina rumo a Roehampton, fora de Putney Common.

O cenário passou de estranho e desconhecido a familiar, mas destruído: canteiros exibiam a devastação de um ciclone, e em alguns jardins encontrei espaços perfeitamente intocados, casas com cortinas e portas fechadas, como se os donos tivessem saído para as compras ou como se dormissem lá dentro. Ali, a erva-vermelha era menos abundante. As árvores altas pela travessa estavam livres da trepadeira. Procurei comida entre elas, mas nada encontrei. Entrei também em algumas casas, mas elas já haviam sido saqueadas. Descansei pelo restante do dia em meio a arbustos, exausto demais para seguir em frente.

Até então, não havia visto seres humanos nem sinal dos marcianos. Encontrei dois cachorros com aparência faminta, mas eles correram desajeitados diante de minhas tentativas de pegá-los. Perto de Roehampton, vi dois esqueletos humanos – não corpos, mas esqueletos, sem vestígio de carne –, e no bosque próximo encontrei ossos esmagados e espalhados de gatos e coelhos, além da ossada de uma ovelha. Porém, por mais que levasse partes dessas descobertas à boca, não havia mais nada ali.

Com o pôr do sol, segui a estrada para Putney, onde acho que, por alguma razão, o Raio de Calor foi usado. E encontrei algumas batatas imaturas em um jardim depois de Roehampton, o suficiente para saciar minha fome. Daquele local, era possível olhar para Putney e o rio. À luz do crepúsculo, o cenário parecia desolado: árvores enegrecidas, ruínas despovoadas e, colina abaixo, torrentes do rio tingidas de vermelho. Em todo lugar, o silêncio. Era aterrorizante pensar na rapidez daquela mudança destruidora.

Por um tempo, achei que a humanidade tivesse sido varrida dali, e que eu era o último homem vivo. No topo de Putney Hill, encontrei outro esqueleto, os braços deslocados e o corpo dilacerado. Então, cada vez mais acreditei no extermínio completo da raça humana, sobrando apenas retardatários como eu, naquela parte do mundo. Imaginei que os marcianos tivessem partido em busca de comida em outro lugar, deixando o país desolado. Talvez estivessem destruindo Berlim ou Paris, ou talvez tivessem ido para o norte.

VII

O HOMEM EM PUTNEY HILL

Passei aquela noite na hospedaria sobre Putney Hill, dormindo em uma cama de verdade pela primeira vez desde a minha fuga para Leatherhead. Não vou contar todo meu trabalho desnecessário para entrar naquela casa – depois disso, descobri que a porta da frente estava encostada – nem o fato de ter revistado cada quarto atrás de comida até que, à beira do desespero, encontrei um pedaço de pão meio comido por ratos e duas latas de abacaxi. O local já havia sido vasculhado e esvaziado. Depois disso, no bar, achei alguns biscoitos e sanduíches deixados para trás. Não consegui comer os sanduíches, pois estavam podres, mas os biscoitos saciaram minha fome e encheram meus bolsos. Não acendi nenhuma luz, com medo de que os marcianos chegassem àquela parte de Londres à procura de comida no meio da noite. Antes de ir para a cama, inquieto, fui de janela em janela observando se havia sinais daqueles monstros. Dormi um pouco. Deitado, eu me peguei pensando consecutivamente – algo que não me lembrava de ter feito desde a última discussão com o pároco. Durante todo aquele tempo, minha condição mental passara por uma sucessão de vagos estados emocionais ou por algum tipo de receptividade estúpida. Mas à noite meu cérebro, reforçado, suponho, pela comida, ficou claro de novo, e consegui pensar.

Três questões lutavam por dominar minha mente: a morte do pároco, o paradeiro dos marcianos e o possível destino de minha esposa. A primeira não me dava sensação de terror ou remorso – eu a entendia simplesmente como algo feito, uma recordação desagradável, mas sem toques de tristeza. Então, consegui me enxergar como enxergo agora, levado aos poucos rumo ao golpe final, uma sequência de acidentes conduzindo ao inevitável. Não senti condenação, mas a lembrança, estática, sem progressão, me assombrava. No silêncio da noite, com aquela sensação de proximidade de Deus, que às vezes eclode quando tudo está tranquilo, enfrentei meu julgamento, meu único julgamento, por aquele momento de fúria e medo. Revivi cada etapa de nossas conversas, desde encontrá-lo encolhido ao meu lado, desatento à minha sede e apontando para o fogo e a fumaça das ruínas de Weybridge. Fomos incapazes de cooperação – a situação não deixara espaço para isso. Se tivesse sabido, eu o teria deixado em Halliford. Mas não soube, e o crime é saber e fazer. E escrevi tudo da forma como escrevo esta história: com os fatos. Não houvera testemunhas – eu podia ter escondido todos esses fatos. Mas escrevi; o leitor formará sua própria opinião conforme achar mais conveniente.

E quando, com certo esforço, deixei de lado aquela imagem de um corpo prostrado, encarei o problema dos marcianos e o destino de minha esposa. Sobre o primeiro não havia dados. Eu podia imaginar uma centena de coisas, e então, sem alegria, passei ao segundo. E aquela noite se tornou horrível. Encontrei-me sentado no escuro, encarando o nada. Vi-me rezando para que o Raio de Calor a tivesse desintegrado sem dor. Não havia mais rezado desde a noite do meu retorno de Leatherhead. Balbuciara orações, orações de proteção, orações pagãs em momentos extremos, mas agora rezava de verdade, com determinação e firmeza, cara a cara com a escuridão de Deus. Noite estranha! O mais estranho foi que, com o raiar do dia, eu, que havia falado com Deus, saí da casa como um rato deixando o esconderijo – uma criatura um pouco maior, um animal inferior, uma coisa que, diante de qualquer vontade dos mestres, poderia ser caçada e abatida. Talvez eles também rezassem para Deus. A única lição que a guerra poderia nos ter ensinado era a piedade – piedade por aquelas almas ignorantes sob nosso domínio.

Naquela manhã clara e fresca, o céu oriental brilhava em cor-de-rosa, salpicado por pequenas nuvens douradas. Na estrada que vai do topo de Putney Hill a Wimbledon, encontrei vestígios da corrente de pânico que devia ter ido para Londres na noite de domingo, depois do início da batalha. Havia uma charrete de duas rodas com o nome de Thomas Lobb, verdureiro, New Malden, uma roda quebrada e um baú de estanho abandonado. Havia um monte de palha na lama endurecida e, no topo de West Hill, o bebedouro cheio de cacos de vidro ensanguentados. Meus movimentos eram lânguidos; meus planos, vagos. Eu pensava em ir para Leatherhead, mesmo sabendo que as chances de encontrar minha esposa eram mínimas. Com certeza, a menos que a morte os tivesse tomado repentinamente, meus primos e ela teriam fugido – ao que me parecia, lá eu poderia descobrir se o povo de Surrey encontrara uma forma de escapar. Eu queria achar minha esposa, meu coração estava apertado por ela e pelo mundo dos seres humanos, mas não tinha ideia clara de como agir. E também estava agudamente ciente de minha solidão. Avancei sob a proteção de árvores e arbustos até a fronteira de Wimbledon Common, que se estendia a perder de vista.

Essa expansão escura se dividia em tojos amarelos e giestas. Não havia erva-vermelha e, enquanto eu vagava hesitante à beira do campo aberto, o sol nasceu, enchendo tudo com luz e vitalidade. Diante de uma aglomeração de sapinhos em um local pantanoso entre as árvores, parei para olhá-los, aprendendo com aquela intensa vontade de continuarem a viver. E nesse momento, virando-me de repente com a sensação estranha de ser observado, vi alguma coisa agachada em meio ao mato. Fiquei parado, olhando. Então, dei alguns passos e a coisa ficou de pé e virou um homem armado com uma lâmina. Aproximei-me devagar. Ele não se mexeu, não tirou os olhos de mim.

Conforme fui me aproximando, percebi que estava tão imundo quanto eu. Parecia que havia sido arrastado pelo esgoto. Mais perto, distingui a gosma verde das valetas misturada à cor parda pálida de barro seco e manchas de carvão brilhantes. Os cabelos do sujeito caíam sobre os olhos, e o rosto, marcado por um corte vermelho, estava sombrio, sujo e encovado, tanto que, em um primeiro momento, não o reconheci.

– Parado! – gritou o homem em uma voz rouca quando eu estava a nove metros dele, então parei. – De onde você vem? – perguntou.

Eu o analisei.

– Venho de Mortlake – respondi. – Fiquei escondido próximo à vala que os marcianos fizeram em torno do cilindro. Consegui escapar.

– Não há comida aqui – ele disse. – A área é minha. Por toda a colina até o rio, até Clapham e até a fronteira do baldio. Só há comida para uma pessoa. Para onde está indo?

Respondi devagar:

– Não sei. Passei treze ou catorze dias enterrado nas ruínas de uma casa. Não sei o que aconteceu.

Ele me olhou com uma expressão de dúvida, e depois de susto.

– Não tenho desejo de parar por aqui – expliquei. – Acho que vou até Leatherhead, pois minha esposa estava lá.

Ele apontou um dedo.

– É você – disse. – O homem de Woking. Você não foi morto em Weybridge?

Só então o reconheci.

– Você é o artilheiro no meu jardim.

– Boa sorte! – exclamou ele. – Somos sortudos! Imagine só, você!

– Então, estendeu a mão e eu a apertei. – Entrei por um escoadouro –

disse ele. – Mas não mataram todo mundo. E, depois que foram embora, segui pelos campos em direção a Walton. Mas... não faz dezesseis dias, e seu cabelo está branco. – De repente, o homem olhou por cima do ombro. – Só uma gralha – comentou. – Agora descobrimos que pássaros têm sombras. Estamos em campo aberto. Vamos entrar debaixo desses arbustos e conversar.

– Você viu algum marciano? – perguntei. – Desde que saí...

– Eles foram para Londres – respondeu ele. – Acho que possuem acampamento maior naquela região. À noite, por todo o caminho de Hampstead até lá, o céu fica cheio de luzes. É como uma grande cidade, e dá para vê-los se movendo na claridade. Durante o dia, não dá. Mas mais perto... Não os vejo há... – Ele contou os dedos. – Cinco dias. E então vi dois em Hammersmith, carregando algo grande. E na noite anterior... – Ele fez uma pausa e continuou impressionado: – Foram apenas luzes, mas era uma coisa bem grande no ar. Acho que construíram uma máquina voadora e estão aprendendo a voar.

Dei um pulo, ainda com mãos e joelhos no chão, pois estávamos entre os arbustos.

– Voar!

– Sim – disse ele. – Voar.

Encolhi-me um pouco e me sentei.

– A humanidade está acabada – comentei. – Se eles conseguem fazer isso, conseguirão dar a volta no mundo.

Ele assentiu.

– E darão. Mas... a situação por aqui ficará um pouco mais tranquila. E além disso... – Ele olhou para mim. – Não está satisfeito com o fim da humanidade? Eu estou. A gente já era.

Encarei-o. Por mais estranho que pareça, eu ainda não havia assumido esse fato, que soou perfeitamente óbvio assim que mencionado. Na verdade, ainda tinha uma vaga esperança, uma crença elaborada por toda a vida. Ele repetiu com absoluta convicção:

– A gente já era. – E acrescentou: – Acabou. Eles perderam UM. Só UM. E fizeram uma boa base, aleijaram o maior poder do mundo. Passaram por cima de nós. A morte daquele em Weybridge foi um acidente. E esses são apenas os primeiros. Continuam chegando. Não vi nenhuma estrela verde nos últimos cinco ou seis dias, mas não tenho dúvida de que estão caindo em algum lugar toda noite. Não podemos fazer nada. A gente acabou! A gente já era!

Não consegui dizer nada. Encarei o cenário que se descortinava diante de mim, tentando em vão pensar em alguma resposta.

– Isto não é uma guerra – disse o artilheiro. – Nunca foi. Se fosse, seria como entre seres humanos e formigas.

De repente, lembrei-me da noite no observatório.

– Depois do décimo tiro, não atiraram mais... pelo menos até a chegada do primeiro cilindro.

– Como você sabe? – perguntou o artilheiro. Expliquei. Ele pensou e disse: – Alguma coisa de errado com a arma. Mas e daí? Vão consertá-la. E mesmo se houver um atraso, como isso vai alterar o fim? Somos as formigas. As formigas constroem cidades, vivem suas vidas, entram em guerra, fazem revoluções... até que o ser humano as tira do caminho, então elas vão embora. É o que somos agora, formigas. A diferença...

– Sim...

– É que somos comestíveis.

Ficamos nos encarando.

– E o que vão fazer conosco? – perguntei.

– Tenho pensado nisso – respondeu ele. – Tenho pensado nisso... Depois de Weybridge, fui para o sul, pensando. Vi o que andava acontecendo. A maioria das pessoas estava comemorando. Mas não gosto muito de comemorações. Já estive cara a cara com a morte mais de uma vez. Não sou um soldado decorativo, e a morte, por bem ou por mal, é só a morte. E é a pessoa que pensa que chega a algum lugar. Vi todo mundo indo para o sul. Eu disse: "A comida não vai durar muito para lá", e me virei. Fui rumo aos marcianos como um pardal voa em direção a uma pessoa. Por todo lado – ele balançou a mão – pessoas morrendo de fome, correndo, pisando umas nas outras...

Ele viu minha expressão e parou, sem graça.

– Os mais ricos tinham partido para a França, sem dúvida nenhuma. – Pareceu pensar se deveria pedir desculpas, mas me olhou nos olhos e continuou: – Há comida por aqui. Latas, vinhos, álcool, água mineral, e os canos e ralos estão vazios. Bom, eu estava expondo meus pensamentos. "Eles são inteligentes", eu disse, "e parece que querem nos comer. Primeiro, vão nos destruir. Barcos, máquinas, armas, cidades, toda ordem e organização. Tudo vai desaparecer. Se fôssemos do tamanho de formigas, poderíamos fazer algo. Mas não somos. A coisa toda é grande demais para parar. E essa é a primeira certeza". Não é verdade?

Assenti.

– Eu pensei em tudo. No momento, estamos onde querem que estejamos. Um marciano só precisa andar um pouco para assustar uma multidão. E vi um, uma vez em Wandsworth, destruindo casas e juntando os destroços. Assim continuarão. Logo que tiverem retirado nossas armas e navios, destruído nossas ferrovias e feito tudo o que quiserem, começarão a nos capturar e armazenar em gaiolas. É o que farão. Meu Deus! Eles ainda nem começaram a lidar conosco. Será que não vê isso?

– Nem começaram! – exclamei.

– Nem começaram. Tudo o que aconteceu até agora foi por não conseguirmos ficar em silêncio, preocupando-os com armas e tolices assim. E perdendo a cabeça, correndo em grupo para lugares tão inseguros como onde já estávamos. Não querem nos incomodar ainda. Estão cuidando dos assuntos deles, fazendo tudo o que não puderam trazer, preparando o terreno para os outros. Deve ser por isso que os cilindros pararam um pouco, por medo de acertar quem já está aqui. E, em vez de sair correndo às cegas, gritando ou pegando dinamite na esperança de explodi-los, a gente precisa se estabelecer de acordo com o novo *status quo*. É isso que entendo. Não é o que um ser humano quer para sua espécie, mas o que os fatos indicam. E é esse princípio que me norteia. Cidades, nações, civilização, progresso... tudo acabou. Fim. A gente já era.

–, mas, se for assim, de que adianta viver?

O artilheiro me olhou por um momento.

– Não haverá mais concertos por um milhão de anos ou mais. Não haverá mais uma Academia Real de Artes, e nenhuma visitinha a restaurantes. Se é diversão que você quer, esqueça. Se você fica pensando em etiqueta ou não gosta de comer ervilhas com um garfo, é melhor mudar seu estilo de vida. Nada disso adianta mais.

– Quer dizer...

– Quero dizer que homens como eu vão continuar a viver pela reprodução da espécie. Estou decidido a sobreviver. E, se não me engano, você também vai mostrar o que tem aí dentro mais cedo ou mais tarde. Não seremos exterminados. E não pretendo ser pego também, nem adestrado ou engordado como gado. Credo! Imagine só aquelas trepadeiras marrons!

– Não quer dizer que...

– Quero. Vou continuar debaixo dos pés deles. Já planejei tudo. A humanidade já era. A gente não conhece o bastante. Precisamos aprender para termos uma chance. E temos que viver e continuar independentes enquanto aprendemos. Entende? É assim que tem de ser.

Encarei-o assombrado e profundamente alvoroçado por sua resolução.

– Meu Deus! – exclamei. – Você é um homem e tanto! – E segurei sua mão repentinamente.

– Rá! – exclamou ele com os olhos brilhando. – Eu pensei em tudo, não foi?

– Continue – pedi.

– Bem, quem quiser escapar precisará estar preparado. Eu vou estar. Veja bem, nem todos conseguimos agir como selvagens, e é assim que teremos de agir. Por essa razão, observei você. Tive minhas dúvidas. Você é magro. Não sabia que era você, entende? Nem que tinha ficado enterrado. Todas essas pessoas que vivem naquelas casas, naqueles grupinhos que ficavam para *lá*... elas não ajudam em nada. Não têm ânimo, nem sonhos, nem vontades. E uma pessoa que não tem isso... meu Deus! O que conseguirá fazer? Eu via gente assim correndo para o trabalho, centenas com um resto do café da manhã na mão, apressadas para pegar o trem, com medo de serem dispensadas, trabalhando em empresas que não queriam se dar ao trabalho de entender, voltando com receio de não chegarem a tempo para o jantar, com medo de sair nas ruas e dormindo com as esposas não porque queriam, mas porque tinham um pouco de dinheiro que garantiria segurança nessa corrida pelo mundo. Vidas seguras e um pouquinho investido para imprevistos. E, nos domingos, o medo do que viria depois. Como se o inferno fosse feito para coelhos! Os marcianos podem muito bem ser uma bênção para pessoas assim. Jaulas espaçosas, muita comida, reprodução cuidadosa, sem preocupação. Depois de uma semana correndo pelos campos de estômago vazio, elas serão capturadas com alegria. Vão se sentir muito felizes, tenho certeza, a ponto de se perguntarem o que as pessoas faziam antes de os marcianos cuidarem delas. E os bêbados, os mulherengos, os cantores... até já imagino. Consigo mesmo imaginar – disse ele com uma gratificação sombria. – Vivenciarão algum sentimento religioso. Vi centenas de coisas que só agora, nos últimos dias, comecei a compreender. Muitos entenderão as coisas como elas são, e muitos se preocuparão com a coisa errada, pensarão que devem agir. Agora, sempre que muitas pessoas pensam que precisam fazer algo, as fracas e aquelas que se enfraquecem com os pensamentos criam uma espécie de religião faz-nada, muito devota e superior, submetendo-se à perseguição e vontade do Senhor. Você deve ter visto a mesma situação. É energia desperdiçada. As jaulas estarão repletas de salmos e orações e piedade. E as pessoas menos simplórias terão um pouco de... como é? Erotismo.

Ele parou por um momento.

– É muito provável que os marcianos tratem alguns como bichos de estimação, ensinem truques, fiquem com dó do bichinho que cresceu e teve que ser morto. E alguns, talvez, sejam treinados para nos caçar.

– Não! – exclamei. – Impossível! Nenhum ser humano...

– De que adianta continuar mentindo para si mesmo? – perguntou o artilheiro. – Certas pessoas fariam isso com um sorriso. É besteira fingir que não!

E sucumbi à convicção dele.

– Se vierem atrás de mim... – disse ele. – Meu Deus, se vierem atrás de mim! – E entrou em uma meditação sombria.

Parei para pensar naquilo tudo. Não conseguia encontrar resposta alguma para o raciocínio do homem. Nos dias anteriores à invasão, ninguém questionaria minha superioridade intelectual. Eu, um escritor reconhecido em Filosofia, e ele, um soldado comum... E, ainda assim, o sujeito já tinha desenvolvido uma situação que eu mal percebera.

– O que está fazendo? – perguntei. – Que planos você fez?

Ele hesitou.

– Bem, é assim – começou. – O que podemos fazer? Precisamos inventar uma espécie de vida em que seres humanos possam continuar e se reproduzir, com segurança suficiente para criar as crianças. Sim. Se esperar um momento, vou esclarecer meu pensamento. Levarão os mansos como bichos dóceis. Em poucas gerações, serão grandes, lindos, fortes, idiotas. E nós, que ficaremos selvagens, corremos o risco de nos tornar algum tipo de fera, ratos-de-esgoto... Acho que viveremos no subsolo. Pensei muito nos escoadouros. É claro que quem não conhece os escoadouros pensam coisas horríveis, mas abaixo de

Londres há quilômetros e mais quilômetros, centenas deles, e alguns dias de chuva em uma cidade vazia os limpará. Os escoadouros principais são grandes e arejados para abrigarem qualquer um. E poderemos criar passagens para porões, cofres, lojas. Sem falar nos túneis das ferrovias e passagens subterrâneas. Que tal? Está vendo? Formaremos um bando de pessoas capazes e lúcidas. Não vamos aceitar qualquer lixo que aparecer. Os fracos vão para fora.
— E você me quer nessa?
— Bom, eu lhe apresentei meu caso, não foi?
— Não vamos discutir sobre isso. Continue.
— Ficará apenas quem souber obedecer a ordens. Queremos também mulheres capacitadas e lúcidas, professoras e mães. Nenhuma apática. Não poderemos ter pessoas fracas ou bobas. A vida será real de novo, e pessoas inúteis e difíceis e maldosas precisarão morrer. Precisarão mesmo morrer. Precisarão querer morrer. Afinal, representam uma espécie de traição, como viver e macular a raça. E não poderão se sentir felizes. Além do mais, morrer não é tão ruim assim. E então, ficaremos juntos em todos esses lugares. Londres será nosso distrito. E poderemos até conseguir manter uma vigia para sair ao ar livre quando os marcianos estiverem longe. Talvez jogar críquete. É assim que deve ser. Que tal? É possível? Mas salvar a raça não é nada. Como eu disse, não seríamos mais do que ratos. O segredo está em salvar o conhecimento e ampliá-lo. É aí que homens como você serão importantes. Livros, modelos. Precisaremos abrir lugares seguros lá embaixo e guardar todos os livros que conseguirmos pegar. Não romances e poesia, mas ideias, livros científicos. E aí que homens como você serão importantes. Precisamos ir até o Museu Britânico e selecionar os livros. Principalmente se quisermos manter a ciência e aprender mais. Precisamos observar os marcianos. Alguns de nós poderão fazê-lo como espiões. Quando tudo estiver funcionando, talvez eu vá. Quero dizer ser pego. E o melhor é que precisamos deixar os marcianos em paz. Não vamos

nem roubar. Se entrarmos no caminho deles, sairemos. Precisamos mostrar que não somos ameaça. Sim, eu sei. Mas eles são inteligentes; não vão nos caçar se tiverem tudo o que querem e acharem que somos vermes inofensivos.

O artilheiro parou e pousou uma mão sobre meu braço.

– Afinal, pode ser que não tenhamos que aprender muitas coisas... Imagine: quatro ou cinco das máquinas de guerra são ligadas de repente... Raios de Calor por todo lado, sem um único marciano no comando. Sem marcianos, mas pessoas que aprenderam a manejá-las. Isso pode até acontecer enquanto eu viver. Imagine só, ter uma daquelas coisas, com Raio de Calor e tudo, nas nossas mãos! Ter o controle de uma delas! De que importaria ser destroçado no fim, depois de uma coisa dessas? Os marcianos abririam seus lindos olhos! Não consegue ver? Não consegue vê-los correndo, correndo, bufando e uivando pelo resto do maquinário? Alguma coisa fora de controle em cada cápsula. A confusão! E, quando estiverem preocupados, pronto, lá vem o Raio de Calor. O ser humano reassumiu o controle.

Por um tempo, a ousadia imaginativa do artilheiro e o tom de certeza e coragem dominaram minha mente. Acreditei sem hesitar naquela previsão do destino humano e na praticabilidade do esquema, e o leitor que me achar suscetível e tolo deverá considerar a própria situação, lendo tranquilamente sobre o assunto, e a minha, encolhido com medo entre arbustos e ouvindo, distraído pela apreensão. Conversamos dessa maneira durante todo o começo da manhã, e depois saímos dos arbustos. Após procurarmos sinais dos marcianos no céu, corremos para a casa em Putney Hill, onde o homem se escondia. Era o depósito de carvão do local, e quando vi o que ele fizera em uma semana – uma toca com menos de nove metros de comprimento, projetada para chegar ao escoadouro principal em Putney Hill –, percebi pela primeira vez a distância entre sonho e ação. Eu teria cavado um buraco daquele tipo em um dia.

Mas acreditei nele e passei o resto da manhã, até depois do meio-dia, cavando. Tínhamos um carrinho de jardim, e jogávamos a terra removida na cozinha. Paramos para nos refrescar com uma lata de sopa de tartaruga falsa e vinho de uma despensa próxima. Encontrei um alívio curioso da estranheza do mundo nesse trabalho constante. Enquanto trabalhávamos, repassei o projeto dele pela mente, e objeções e dúvidas começaram a surgir, mas trabalhei sem parar, contente por ter encontrado um novo objetivo. Depois de uma tarefa tão árdua, comecei a especular sobre a distância necessária para chegar ao esgoto, sobre as chances de estarmos enganados. Meu problema imediato envolvia a necessidade de cavarmos um túnel tão longo, quando podíamos descer por um dos bueiros e fazer o caminho de lá. Além disso, a casa parecia não ter sido bem escolhida, pois exigia um túnel desnecessariamente longo. Enquanto estava começando a avaliar esse tipo de coisa, o artilheiro parou de cavar e olhou para mim.

– Estamos trabalhando bem – disse ele. Depois, colocou a pá no chão. – Vamos cavar mais um pouco. Acho que é melhor armarmos uma patrulha no telhado.

Eu queria continuar, e, após uma pequena hesitação, ele pegou a pá novamente. Nesse momento pensei em uma coisa. Paramos de repente.

– Por que você estava andando pelo campo – perguntei – em vez de ficar aqui?

– Tomando um ar – respondeu ele. – Eu ia voltar. É mais seguro à noite.

– Mas e o trabalho?

– Uma pessoa não pode passar a vida trabalhando – retrucou ele, e então eu vi o óbvio diante de mim. O homem hesitou, segurando a pá. – Vamos armar a patrulha – disse. – Se algum marciano chegar perto, ele vai ouvir as pás e nos pegar de surpresa.

Eu não queria mais discutir. Fomos juntos ao telhado e ficamos em uma escada, espiando pela claraboia. Não havia marciano à vista, então decidimos subir nas telhas e escorregar até a proteção do parapeito.

Dessa posição, ainda que arbustos cobrissem a maior parte de Putney, conseguíamos ver o rio abaixo, uma massa borbulhante de erva-vermelha e as partes inferiores de Lambeth, inundadas e vermelhas. Em torno do velho palácio, a trepadeira cobria as árvores e os galhos abatidos, mortos e cheios de folhas murchas. Estranho como essas coisas dependiam de água corrente para se propagar. À nossa volta, nenhuma havia avançado. Laburnos, espinheiros cor-de-rosa, arbustos e pinheiros de cemitério cresciam de louros e hortênsias, verdes e brilhantes sob o sol. Para além de Kensington, erguia-se uma fumaça densa, o que, misturado a uma névoa azul, escondia as colinas ao norte.

O artilheiro começou a me contar sobre o tipo de pessoa que ainda estava em Londres:

– Certa noite, na semana passada, alguns idiotas conseguiram ajeitar a eletricidade e iluminaram toda a Regent Street e o Circus, que ficou repleto de bêbados, homens e mulheres, dançando e gritando até o amanhecer. Um homem que estava lá me contou. Quando o dia chegou, todos perceberam uma máquina de guerra ao lado do Langham, observando-os. Só Deus sabe há quanto tempo estava lá. Devem ter cagado nas calças. O marciano desceu a estrada dirigindo-se às pessoas e pegou quase cem delas, bêbadas ou assustadas demais para fugir.

Um momento grotesco de um tempo que nenhuma história descreverá por completo!

Então, como resposta às minhas dúvidas, ele retomou seus planos grandiosos. Ficou empolgado. Falou tão eloquentemente da possibilidade de capturar uma máquina de guerra que quase voltei a acreditar nele , mas, como já começava a entender alguma coisa sobre o jeito do homem, entendia também o fato de ele enfatizar não agir de forma precipitada. E percebi que não havia dúvidas sobre o sujeito ser o escolhido para capturar e usar a grande máquina pessoalmente.

Depois de um tempo, descemos até o porão. Nenhum de nós pareceu disposto a voltar a cavar, e quando ele sugeriu uma refeição, não consegui recusar. Tornou-se muito generoso de uma hora para a outra, e enquanto comíamos, ele saiu e voltou com charutos excelentes. Acendemos dois, e o otimismo do homem cresceu. Estava inclinado a ver minha chegada como uma grande ocasião.

– Há champanhe no porão – disse ele.

– Podemos cavar melhor com vinho – retruquei eu.

– Não – ele objetou. – Hoje eu sou o anfitrião. Champanhe! Meu Deus! Temos uma tarefa enorme diante de nós! Vamos descansar e reunir forças enquanto podemos. Veja só essas mãos cheias de bolhas!

E, convencido pela ideia de descanso, ele insistiu em jogar cartas depois que nos alimentamos. E me ensinou a jogar euchre; após dividirmos Londres entre nós dois – eu fiquei com o lado norte, e ele, com o sul –, jogamos por bairros. Por mais grotesco e tolo que isso talvez pareça para leitores sóbrios, é a mais absoluta verdade, e, mais extraordinário ainda, achei o jogo de cartas e os vários outros que jogamos extremamente interessantes.

Que estranha a mente do homem! E pensar que, com nossa espécie à beira do extermínio ou da degradação, sem prospecto claro diante de nós a não ser a chance de uma morte horrível, ainda podemos nos sentar a uma mesa e jogar cartas. Depois disso, ele me ensinou a jogar pôquer, e eu o derrotei em três partidas de xadrez. Quando a noite chegou, decidindo nos arriscar, acendemos uma lamparina.

Depois de uma série interminável de jogos, comemos de novo, e o artilheiro terminou a garrafa de champanhe. Continuamos a fumar os charutos. Ele não era mais o regenerador empolgado da própria espécie que eu encontrara de manhã. Ainda estava otimista, mas era um otimismo menos cinético e mais cauteloso. Lembro-me de que o homem me irritou com um discurso de pouca variedade e pausas consideráveis. Peguei um charuto e subi as escadas para ver as luzes de que ele tinha falado, as quais brilhavam verdes pelas colinas de Highgate.

Em um primeiro momento, olhei em direção ao vale de Londres. As colinas ao norte estavam mergulhadas na escuridão. O fogo para os lados de Kensington brilhava avermelhado, e de vez em quando uma labareda laranja subia e desaparecia no azul-escuro da noite. Nada conseguia ver do restante de Londres. Então, mais perto, percebi uma luz estranha, um fulgor pálido e fluorescente de violeta, tremeluzindo na brisa da noite. Por um momento, não entendi o que era, mas depois me dei conta de que só podia ser a erva-vermelha a origem dessa fraca irradiação. Com tal percepção, meu sentido dormente de fascinação e de proporção dos fatos despertou novamente. Olhei das plantas para Marte, vermelho e claro, brilhando a oeste, e então observei a escuridão de Hampstead e Highgate.

Passei um longo tempo no telhado, pensando nas mudanças grotescas daquele dia. Lembrei-me de como meu estado mental avançara da oração à meia-noite até os jogos de cartas. Tive uma repulsão violenta de sentimentos. Lembro-me de arremessar para longe o charuto, uma atitude carregada de certo simbolismo. Minha loucura me assolou com exagero. Eu parecia um traidor para minha esposa e minha espécie. Estava cheio de remorso. Resolvi abandonar aquele estranho sonhador indisciplinado e ir para Londres. Lá, ao que parecia, eu teria mais chances de descobrir o que os marcianos e meus companheiros estavam fazendo. Ainda continuava no telhado quando a lua decidiu aparecer.

VIII

LONDRES MORTA

Depois de me separar do artilheiro, desci a colina e segui pela High Street, atravessando a ponte para Fulham. A erva-vermelha espalhava-se por todo lado naquele momento, quase encobrindo a estrada, mas as frondes já começavam a embranquecer com a doença que se alastrava tão depressa.

No canto da travessa que vai até a estação Putney Bridge, encontrei um homem deitado, coberto de poeira preta como um limpador de chaminés e vivo, mas completamente bêbado. Só consegui dele xingamentos e tentativas de um ataque malsucedido. Talvez devesse ter ficado mais tempo ali, mas afastei-me em decorrência da expressão agressiva naquele rosto.

A poeira preta se estendia por toda a estrada adiante e ficava ainda mais densa em Fulham. O silêncio nas ruas era horrível. Consegui comida – azeda, dura e bolorenta, mas comestível – em uma padaria. Em algum ponto em direção a Walham Green, a poeira cessou seu avanço, e passei por um terraço de casas pegando fogo. O som do incêndio foi um alívio. Em direção a Brompton, as ruas silenciaram de novo.

Lá, voltei a encontrar a poeira preta e corpos mortos. Vi cerca de doze por toda Fulham Road. Estavam mortos havia algum tempo, então me apressei ao passar por eles. A poeira os cobria e abrandava seus traços. Cachorros tinham fuçado um ou outro.

Nos lugares onde a poeira não havia chegado parecia um domingo comum, desertos e silenciosos, com as lojas fechadas, as casas trancadas e as cortinas cobrindo as janelas. Em alguns deles, vi as marcas de saqueadores, mas raramente em outros lugares que não mercados e adegas. A janela de uma joalheria havia sido quebrada, mas parece-me que a ação do roubo fora interrompida, porque correntes de ouro e um relógio simplesmente se espalhavam na calçada. Não me importei com aquilo. Pouco depois, encontrei uma mulher esfarrapada encolhida na soleira de uma casa. A mão ferida sobre o joelho sangrava pelo vestido marrom, uma garrafa quebrada de champanhe formava uma piscina em volta dela. Parecia adormecida, mas estava morta.

Quanto mais eu me aventurava em Londres, mais profundo se tornava o silêncio. Não tanto o silêncio da morte, mas o do suspense, da expectativa. A qualquer momento, a destruição que passara pelas fronteiras noroeste da metrópole e aniquilara Ealing e Kilburn poderia atingir aquelas casas e transformá-las em ruínas. Era uma cidade condenada...

Em South Kensington, as ruas estavam sem mortos e sem poeira. Foi por lá que ouvi o uivo pela primeira vez. Ele se apoderou de meus sentidos imperceptivelmente, uma alternação em prantos de duas notas, "Ula, ula, ula, ula", sem parar, sem parar. Quando passei pelas ruas caminhando para o norte, o volume aumentou, ainda que as casas e os edifícios parecessem amortecê-lo. Ouvi-o com mais força em Exhibition Road. Parei, olhando em direção a Kensington Gardens, pensando no remoto e estranho lamento. Era como se o deserto de casas tivesse encontrado uma voz para externar seu medo e sua solidão.

"Ula, ula, ula, ula", chorava a voz sobre-humana, em incríveis ondas de som pela estrada ampla e ensolarada, entre os prédios altos que a ladeavam. Assombrado, virei-me para o norte, no sentido dos portões de ferro do Hyde Park. Parte de mim queria invadir o Museu de História Natural e subir as torres para ver o que havia depois do parque. Mas decidi ficar no chão, onde era fácil me esconder, e subir pela Exhibition Road. Todas as suntuosas mansões estavam vazias e silenciosas, e meus passos ecoaram pelos muros. Quando me aproximei dos portões do parque, tive uma estranha visão: um ônibus de cabeça para baixo e o esqueleto de um cavalo, completamente limpo. Por um tempo, parei intrigado diante da cena, mas então segui para a ponte sobre o Serpentine. O som se tornava cada vez mais intenso, embora, a não ser pela fumaça a alguma distância, eu não conseguisse ver nada acima dos telhados ao norte.

"Ula, ula, ula, ula", lamentava a voz vinda, ao que parecia, dos distritos em torno do Regent's Park. O grito desolador ficou registrado em minha mente. O ânimo que me sustentava até então foi embora; o lamento dominou-me. Descobri que estava exaurido, meus pés doíam, e, mais uma vez, sentia fome e sede.

Já passava do meio-dia. Por que eu caminhava sozinho pela cidade dos mortos? Por que estava sozinho quando toda Londres se envolvia na própria mortalha? Senti-me intoleravelmente só. Pensei em antigos amigos, esquecidos por anos. Pensei nos venenos das farmácias, no álcool das adegas. Lembrei-me das duas criaturas bêbadas de desespero, que, até onde eu sabia, eram as únicas na cidade além de mim...

Cheguei ao Marble Arch na Oxford Street, e lá, mais uma vez, encontrei a poeira e diversos corpos, além do odor fétido dos porões domésticos. Fiquei sedento após tão longa caminhada. Com imensa dificuldade, consegui invadir uma taberna e encontrar comida e bebida. Depois disso, ainda mais exausto, dormi em um sofá preto que encontrei no salão atrás do bar.

Acordei e percebi que o uivo deprimente não saíra de meus ouvidos: "Ula, ula, ula, ula". O crepúsculo começara e, depois de encontrar biscoitos e queijo no bar – havia um guarda-comida, mas lá nada vi além de vermes –, segui os quarteirões residenciais até a Baker Street; Portman Square é o único cujo nome consigo lembrar. Por fim, cheguei ao Regent's Park. Ao sair da Baker Street, vislumbrei por cima das árvores, no brilho do pôr do sol, parte do gigante marciano que produzia o uivo. Não senti medo. Olhei-o como se fizesse parte do cenário. Parei ali por algum tempo, mas ele não se moveu. Parecia apenas parado e aos gritos, mas não consegui desvendar o motivo.

Tentei formular um plano, mas aquele som perpétuo de "Ula, ula, ula, ula" confundia minha mente. Talvez estivesse cansado demais para sentir medo. Minha curiosidade se centrava mais em descobrir a razão daquele lamento monótono do que no terror. Dei as costas para o parque e entrei na Park Road com a intenção de dar a volta. Segui pelo abrigo das casas até ter uma visão clara do marciano em prantos na direção de St. John's Wood. A cerca de cento e oitenta metros da Baker Street, ouvi um coro de ganidos e vi, primeiro, um cão com um pedaço de carne podre na boca vindo em minha direção, e depois uma matilha de vira-latas famintos perseguindo-o. Ele passou longe de mim, como se pensasse que eu fosse um novo competidor. Com o desaparecimento dos ganidos pela estrada silenciosa, o som lamentoso de "Ula, ula, ula, ula" voltou a dominar o local.

Descobri a máquina de operação quebrada a caminho da estação de St. John's Wood. A princípio, pensei que uma casa tivesse caído na estrada. No entanto, quando escalei as ruínas vi, com um susto, o colosso mecânico, os tentáculos curvados, esmagados e torcidos entre as ruínas causadas por sua queda. A parte da frente estava estraçalhada. Parecia ter seguido até a casa e se atrapalhado na destruição. Pensei então que talvez o marciano tivesse perdido o controle da máquina. Não consegui escalar mais para vê-la, e o crepúsculo já avançara tanto que o sangue manchando o assento e a cartilagem mastigada do marciano deixado pelos cães eram invisíveis para mim.

Pensando ainda mais em tudo o que vira, segui para Primrose Hill. Após um tempo, através de um espaço nas árvores até o zoológico, vi um segundo marciano tão imóvel quanto o primeiro, mas em silêncio. Pouco depois das ruínas em torno da máquina de operação, encontrei mais erva-vermelha e descobri que o Regent's Canal era uma massa esponjosa da vegetação vermelho-escura.

Enquanto atravessava a ponte, o som do "Ula, ula, ula, ula" parou. Simplesmente. O silêncio caiu como um trovão.

As casas escuras à minha volta pareciam cada vez mais altas. As árvores no caminho que levava ao parque, cada vez mais escuras. Por toda a volta, a erva-vermelha se enrolava pelas ruínas, contorcendo-se até o alto na escuridão. A noite, mãe do medo e do mistério, me cercava. Porém, enquanto aquela voz soava, a solidão e desolação se tornaram suportáveis. Por ela, Londres me parecera viva, e a sensação de vida me havia encorajado. Então, de repente, uma mudança, a passagem de algo – eu não sabia o quê – e um silêncio que podia ser sentido. Além daquela quietude desolada.

Ao meu redor, Londres me observava espectralmente, as janelas nas casas brancas similares a olhos de caveiras. A imaginação encontrava milhares de inimigos silenciosos em movimento. O medo se apoderou de mim, medo de minha ousadia. À minha frente, a estrada enegreceu como se estivesse coberta de piche, e vi um formato contorcido deitado no caminho. Não consegui avançar. Voltei a descer a St. John's Wood Road, e corri daquele silêncio insuportável da estrada para Kilburn. Eu me escondi da escuridão e do silêncio no abrigo de um cocheiro em Harrow Road até muito depois da meia-noite. Porém, antes do amanhecer, minha coragem voltou, e enquanto as estrelas ainda pairavam no céu, voltei a seguir para Regent's Park. Perdi meu caminho entre as ruas e vi, em uma longa avenida sob a meia-luz da aurora, as curvas de Primrose Hill.

No pico da colina, recortando as estrelas já fracas, estava um terceiro marciano, ereto e inerte como os anteriores.

Então, tomei uma decisão louca: eu morreria e poria um fim naquilo tudo. E não teria nem sequer o trabalho de me matar. Marchei decidido em direção ao titã e, conforme me aproximava e a luz clareava mais, vi que uma multidão de pássaros pretos circulava e reunia-se na parte de cima daquela coisa. Com isso, meu coração deu um pulo, e comecei a correr pela estrada.

Passei pela erva-vermelha que sufocava St. Edmund's Terrace – precisei caminhar por uma corrente de água que me cobria até o peito, descendo do sistema de distribuição até Albert Road – e emergi na grama antes do nascer do sol. Grandes montes haviam sido empilhados no pico da colina, formando um enorme reduto – o maior local criado pelos marcianos até então – e, de trás deles, subia uma fumaça fina. Contra a linha do horizonte, um cachorro correu e desapareceu. Um pensamento que me ocorrera cresceu e se tornou real, crível. Não senti medo, apenas uma exultação selvagem e trêmula enquanto corria colina acima ao encontro do monstro imóvel. Da parte superior dele, despencavam pedaços murchos e marrons que os pássaros famintos bicavam e rasgavam.

Subi pela muralha de barro, onde fiquei de pé; o interior do reduto do outro lado, abaixo de mim, era um espaço incrível, com máquinas gigantescas por todo lado, grandes montes de material e estranhos abrigos. E espalhados pelo local, alguns nas máquinas de guerra caídas, outros nas rígidas máquinas de operação e cerca de uma dúzia, rígida e silenciosa disposta em uma fileira, os marcianos estavam mortos! Massacrados, da mesma forma que a erva-vermelha, pela bactéria contra a qual seus sistemas não estavam preparados. Depois que todos os dispositivos do ser humano haviam falhado, lá estavam eles, mortos pela mais humilde criação do sábio Deus.

Pois foi isso que aconteceu, como eu e muitos outros poderíamos ter previsto caso o medo e o desastre não nos cegassem a mente.

Os germes e as doenças assolam a humanidade desde o começo dos tempos – nossos ancestrais pré-humanos os conhecem desde o princípio da vida. Porém, por causa da seleção natural de nossa espécie, desenvolvemos resistência. Não sucumbimos a germe nenhum sem resistir, e a muitos – àqueles que causam putrefação em matéria morta, por exemplo – nossa estrutura viva é imune. Porém, não há bactérias em Marte, e assim que os invasores chegaram, assim que se alimentaram, nossos aliados microscópicos começaram a trabalhar. Quando eu os espiava, eles já estavam perdidos, morrendo e apodrecendo enquanto andavam de cá para lá. Uma situação inevitável. Com o preço de um bilhão de mortes, o ser humano garantira seu direito à Terra, que lhe pertencia, contra todos os invasores. Seria dele ainda que os marcianos fossem dez vezes mais poderosos. Afinal, o ser humano não vive nem morre em vão.

Os marcianos se espalhavam por todo lado no grande golfo que haviam criado, quase cinquenta no todo, dominados por uma morte que deve ter parecido tão incompreensível como qualquer outra. Também para mim, naquele momento, a visão da morte era incompreensível. Sabia apenas que as coisas vivas, antes tão terríveis aos homens, estavam mortas. Por um momento, acreditei que ocorria a repetição da destruição de Senaqueribe, que Deus havia se arrependido, que o Anjo da Morte os havia destruído durante a noite.

Parado diante da cratera, meu coração ficou muito mais leve enquanto o sol invadia o mundo ao me redor. A cratera ainda estava escura. Os poderosos engenhos, tão incríveis e maravilhosos em sua força e complexidade, tão extraterrestres em suas formas tortuosas, erguiam-se das sombras em formas estranhas e vagas. Ouvi uma multidão de cachorros lutar pelos corpos nas profundezas abaixo de mim. Do outro lado da cratera, na margem mais distante, jazia a enorme máquina de voo que estavam testando em nossa atmosfera mais densa quando foram dominados pela deterioração. A morte chegara bem a tempo. Ao som de um crocito, levantei a cabeça para ver a gigantesca máquina de guerra que nunca mais atacaria, os pedaços de carne que escorriam dos assentos derrubados no cume de Primrose Hill.

Virei-me e encarei o declive onde, cercados de pássaros, estavam os outros dois marcianos que eu havia encontrado, parados do jeito que a morte os encontrara. Olhei para aquele que morrera gritando para os companheiros. Talvez o último a morrer, a voz estendendo-se perpetuamente até que a força do maquinário se extinguisse. Eles brilhavam agora, torres tripoides inofensivas de metal sob a luz do sol nascente.

Por toda a volta da cratera, e salva como por um milagre da destruição, estava a grande Mãe das Cidades. Quem só viu Londres velada pela túnica de fumaça não consegue imaginar a clareza nua e a beleza da natureza selvagem das casas.

Ao leste, acima das ruínas enegrecidas do Albert Terrace e do pináculo quebrado da igreja, o sol brilhava claro, e aqui e ali se viam partes de telhados atingidos pela luz cintilando intensamente.

Ao norte se localizavam Kilburn e Hampsted, azuis e repletas de casas. A oeste, a grande cidade estava apagada, e ao sul, para além dos marcianos, as ondas verdes do Regent's Park, o Langham Hotel, a cúpula de Albert Hall, o Imperial Institute e as mansões gigantescas de Brompton Road pareciam pequenos à luz do sol, as ruínas de Westminster destacando-se no horizonte. Ainda mais longe, estavam as colinas de Surrey, e as torres do Crystal Palace brilhavam como dois bastões de prata. A cúpula da St. Paul, escura contra o nascer do sol, apresentava, como vi pela primeira vez, um buraco no lado oeste.

E enquanto eu encarava essa longa expansão de casas e fábricas e igrejas silenciosas e abandonadas, enquanto eu pensava nas esperanças e nos esforços que vivenciamos, nas inúmeras vidas que haviam construído esse recife humano e na destruição rápida e brutal que se apossara dele, percebi que a sombra se afastara, que seres humanos poderiam viver nas ruas e que a querida cidade morta diante de mim seguiria em frente e seria poderosa mais uma vez, e senti uma onda de emoção que me levou às lágrimas.

O tormento acabara. Aquele mesmo dia marcaria o início da cura. Os sobreviventes espalhavam-se pela região – sem líder, sem lei, sem comida, como ovelhas sem um pastor –, e os milhares que haviam fugido pelo mar começariam seu retorno. O pulsar da vida, cada vez mais forte, bateria novamente pelas ruas vazias e se derramaria pela cidade. Apesar da destruição, a mão do destruidor fora impedida. Os escombros, os esqueletos enegrecidos das casas que agora pareciam tão tristes diante da grama da colina, logo ecoariam o som dos martelos e das espátulas dos restauradores. Diante desse pensamento, ergui as mãos e comecei a agradecer a Deus. Em um ano, pensei. Em um ano...

Então, pensei em mim mesmo, em minha esposa e na antiga vida de esperança e carinho que fora interrompida para sempre.

IX
DESTRUIÇÃO

E agora vem a parte mais estranha da minha história. Ainda assim, talvez não seja de todo estranha. Lembro-me claramente de tudo o que fiz naquele dia até o momento em que chorei e agradeci a Deus no pico de Primrose Hill. E então, esqueço-me do restante.

Não sei nada dos três dias seguintes. Desde então, descobri que, longe de ser o primeiro a saber da derrota dos marcianos, vários outros andarilhos como eu haviam chegado à mesma descoberta durante a noite anterior. Um homem – o primeiro – fora a St. Martin's-le-Grand e, enquanto eu me escondia na cabana do cocheiro, enviara um telegrama a Paris. As notícias correram o mundo. Mil cidades, todas atormentadas pela apreensão, se acenderam em iluminações frenéticas. Souberam das boas novas em Dublin, Edimburgo, Manchester, Birmingham no momento em que eu estava na beira da cratera. Fiquei sabendo que homens tomados pela alegria, gritando e parando o trabalho para comemorar, já começavam a construção de trens para descerem até Londres, mesmo de lugares próximos como Crewe. Os sinos das igrejas, parados por uma quinzena, soavam por toda a Inglaterra. Homens em bicicletas, magros e desmazelados, passavam por todo o campo gritando pela libertação improvável, gritando para figuras abatidas pelo desespero. E pela comida! Pelo Canal, pelo Mar da Irlanda, pelo Atlântico, milho, pão e carne chegaram, para nosso alívio. Todos os navios pareciam destinados a Londres. Mas não me recordo de nada disso. Deixei-me levar – um homem enlouquecido. Encontrei-me em um lar de pessoas gentis, que haviam me achado no terceiro dia andando, chorando e resmungando pelas ruas de St. John's Wood. Contaram-me sobre como eu cantava versos insanos como "O último homem vivo! Urrá! O último homem vivo!". Ainda assim, mesmo abaladas pela situação, aquelas pessoas, cujos nomes, por mais que queira expressar minha gratidão, não consigo nem citar aqui, se apiedaram de meu estado, me abrigaram e me protegeram de mim mesmo. Pareciam ter descoberto elementos da minha história durante meu lapso.

Muito gentilmente, quando minha mente estava firme de novo, eles me contaram o que haviam descoberto sobre o destino de Leatherhead. Dois dias depois do meu aprisionamento, ela fora destruída, com cada alma ali, por um marciano. Ele havia apagado a existência do local, aparentemente sem provocação, como uma criança destrói um formigueiro apenas porque pode fazer isso.

Eu era um homem solitário, e todos foram muito gentis comigo. Eu era um homem solitário e triste, e todos me apoiaram. Passei com eles quatro dias depois de minha recuperação. Por todo esse tempo, senti uma vontade vaga e crescente de olhar mais uma vez para o que poderia ter restado da vida que me parecera tão feliz, um desejo desesperado de encarar minha desgraça. Eles tentaram me convencer a abandonar tal ideia. Fizeram tudo o que podiam para que eu desistisse de tamanha morbidez, mas, por fim, não consegui mais resistir ao impulso e, prometendo retornar e deixando com lágrimas nos olhos aqueles amigos de quatro dias, voltei para as ruas antes sombrias e estranhas e vazias.

Elas já se apinhavam de pessoas que retornavam ao lar. Algumas lojas estavam até abertas, e vi uma fonte cheia d'água.

Lembro-me de como a luz do dia parecia caçoar de mim enquanto eu seguia minha caminhada melancólica à pequena casa de Woking; lembro-me de como as ruas estavam cheias e de como a vida se movia à minha volta. Tantas pessoas estavam por lá, ocupadas em milhares de atividades, que parecia inacreditável parte da população ter sido aniquilada. Mas então percebi que as peles pareciam amarelas, que os cabelos estavam desgrenhados, que os olhos brilhavam e que, aqui e ali, as pessoas vestiam trapos. Os rostos pareciam divididos em duas expressões: júbilo e determinação. A não ser por isso, Londres parecia uma cidade de vagabundos. As sacristias estavam distribuindo indiscriminadamente o pão enviado pelo governo francês. Viam-se as costelas dos poucos cavalos. Guardas especiais com distintivos brancos se posicionavam nas esquinas de cada rua. Mas a desgraça causada pelos marcianos se intensificou quando cheguei à Wellington Street e encontrei a erva-vermelha subindo pelos pilares da Waterloo Bridge.

Vi também, em um canto da ponte, um dos contrastes comuns daqueles dias grotescos: uma folha de papel presa a uma moita da erva e transfixada por um palito para não sair do lugar. Era um anúncio do primeiro jornal a voltar à publicação – o *Daily Mail*. Comprei uma cópia por um xelim enegrecido que encontrei no bolso. A maior parte dele estava em branco, mas o tipógrafo solitário que o fizera se divertira ao criar um esquema grotesco de anúncio na última página. A matéria impressa era emocional. Os jornais ainda não haviam encontrado o caminho de volta. Não descobri nada de novo, a não ser que, já em uma semana, a análise dos mecanismos marcianos tivera resultados impressionantes. Entre outras coisas, o artigo confirmou o que não acreditei na época: o "segredo do voo" havia sido descoberto. Em Waterloo, encontrei os trens gratuitos que estavam levando a população de volta às casas. A primeira leva já tinha partido. Havia poucas pessoas ali, e eu não estava com vontade de conversar. Consegui um compartimento só para mim e me sentei com os braços cruzados, olhando amargamente para a devastação iluminada que desfilava pelas janelas. Pouco depois do terminal, o trem começou a andar sobre trilhos temporários, e dos dois lados da ferrovia as casas não passavam de ruínas escuras. No caminho para Clapham Junction, o rosto de Londres estava encardido pela poeira da Fumaça Negra, apesar de dois dias de tempestades e chuva, e chegando lá constatei que a linha também fora destruída. Centenas de desempregados e lojistas trabalhavam lado a lado com os operários de sempre, e nós continuamos depois que os carris foram recolocados.

Por todo o caminho a partir de então, o terreno parecia árido e estranho. Wimbledon sofrera muito. Walton, por causa dos pinhais ainda intocados, talvez fosse o lugar menos atingido. O Wandle, o Mole, todo córrego formava uma massa de erva-vermelha, uma mistura que remetia a carne com repolho picado. Os pinhais de Surrey, porém, eram secos demais para a trepadeira. Para além de Wimbledon, viam-se os montes de terra em torno do sexto cilindro. Várias pessoas se reuniam ali, e alguns sapadores trabalhavam com presteza. Cheguei a ver uma bandeira do Reino Unido tremulando alegremente na brisa da manhã. A erva recobria os campos, uma ampla expansão de cor lívida entrecortada por sombras violeta, muito dolorosa aos olhos. Vislumbrava-se com alívio o cinza queimado e os vermelhos sombrios se contrapondo ao verde-azulado das colinas ao norte.

A linha que vinha de Londres na estação de Woking ainda estava sendo reparada, então desci na estação de Byfleet e peguei a estrada para Maybury, para além do local onde eu e o artilheiro faláramos com os hussardos, passando pelo lugar onde o marciano aparecera para mim na tempestade. Ali, movido pela curiosidade, virei-me para o lado e encontrei, em meio a um emaranhado de frondes vermelhas, a carroça quebrada com os ossos brancos do cavalo espalhados e mastigados. Por um tempo, encarei esses vestígios...

Voltei a atravessar o pinhal, enfrentando a erva-vermelha que me chegava ao pescoço em alguns pontos, e descobri que o proprietário do Spotted Dog já havia cuidado do enterro, então segui para meu lar. Um homem à porta da casa me cumprimentou pelo nome enquanto eu passava.

Olhei para minha residência com um espasmo de esperança que desapareceu imediatamente. A porta havia sido arrombada; estava destrancada, abrindo-se vagarosa enquanto eu me aproximava.

No entanto, fechou-se com um estrondo. As cortinas do escritório tremulavam pela janela aberta de onde eu e o artilheiro tínhamos assistido ao pôr do sol. Ninguém a havia fechado desde então. Os arbustos esmagados continuavam como os deixara quatro semanas antes. Obriguei-me a ir até a entrada, e a casa me saudou, vazia. O tapete da escadaria estava franzido e sem cor no local onde havia me encolhido, ensopado até os ossos pela tempestade na noite da catástrofe. Nossas pegadas enlameadas se arrastavam até o andar de cima.

Segui-as até meu escritório, onde encontrei, ainda na escrivaninha, preso pelo peso de selenita, o trabalho que largara ali na tarde da abertura do cilindro. Parei e corri os olhos por meus argumentos abandonados, um tratado sobre o provável amadurecimento de ideias morais com o desenvolvimento do processo civilizatório. A última frase era o começo de uma profecia: "Em cerca de duzentos anos", estava escrito, "podemos esperar...". A frase terminava abruptamente. Lembrei-me de minha incapacidade de me concentrar naquela manhã menos de um mês antes, e de como saíra para pegar o *Daily Chronicle* com o jornaleiro. Lembrei-me de como passei pelo portão do jardim quando ele apareceu e de como ouvi sua história estranha de "homens de Marte".

Desci e fui até a sala de jantar. Lá estavam a carne de carneiro e o pão, ambos em estado de apodrecimento, e uma garrafa de cerveja de cabeça para baixo. Tudo como eu e o artilheiro havíamos deixado.

Minha casa era pura desolação. Percebi a tolice da esperança que nutrira por tanto tempo. E então, uma coisa estranha aconteceu.

– Não adianta – disse uma voz. – A casa está deserta. Ninguém esteve aqui em dez dias. Não se torture. Só você escapou.

Assustei-me. Teria falado em voz alta? Virei o corpo, e as portas francesas estavam abertas atrás de mim. Fui até elas e olhei para fora.

E lá, assombrados e amedrontados, assim como eu, surgiram meu primo e minha esposa – minha esposa, pálida e sem lágrimas. Ela soltou um grito fraco e disse:

– Eu vim. Eu sabia... Eu sabia... – E levou a mão à garganta. Cambaleou. Adiantei-me e a envolvi em meus braços.

X
EPÍLOGO

Só me resta lamentar, agora que estou concluindo a história, ter contribuído pouco para a discussão das várias questões levantadas. Em um aspecto, tenho certeza de que provocarei críticas. Minha principal área é a filosofia especulativa. Meu conhecimento de fisiologia comparativa está confinado a um ou outro livro, mas parece-me que as sugestões de Carver sobre o motivo da rápida morte dos marcianos são tão prováveis que se comprovarão. Foi o que presumi ao longo da narrativa.

De qualquer forma, nos corpos dos marcianos analisados depois da guerra não foram encontradas bactérias senão aquelas conhecidas como espécies terrestres. O fato de não enterrarem seus mortos e da chacina descuidada que causaram também aponta para ignorância total do processo putrefativo. Porém, por mais provável que pareça, essa não é uma conclusão comprovada.

Assim como não se conhece a composição da Fumaça Negra, que os marcianos usaram com efeito tão mortífero, e permanece um enigma o gerador dos Raios de Calor. Os terríveis desastres nos laboratórios de Ealing e South Kensington desencorajaram os analistas a investigar mais sobre eles. Uma análise do espectro da poeira preta indica, sem dúvida alguma, a presença de um elemento desconhecido com um grupo brilhante de três linhas no verde, e é possível que ele se combine com argônio para formar um composto que age de imediato, com efeito mortífero, sobre algum constituinte do sangue. Porém, especulações sem provas como essas não serão de interesse do leitor geral, a quem esta história se destina. A espuma marrom que desceu o Tâmisa após a destruição de Shepperton não foi examinada na época, e agora não temos mais sinal dela.

Já se apresentaram os resultados de uma análise anatômica dos marcianos, até onde foi possível depois da passagem dos cães. No entanto, todos conhecem o espécime magnífico e quase completo no Museu de História Nacional, além das incontáveis ilustrações elaboradas a partir dele. O interesse sobre a fisiologia e a estrutura daqueles seres é puramente científico.

Uma questão de interesse universal e muito mais grave se centra na possibilidade de outro ataque marciano. Acredito que não estão dando atenção devida a esse assunto. No momento, o planeta Marte está em conjunção, mas a cada retorno à oposição, eu, pelo menos, antecipo uma nova investida. Devemos estar preparados. Acredito que seja possível definir a posição da arma com que darão os tiros, manter uma vigia sobre esta parte do planeta e antecipar a chegada do próximo ataque.

Assim, o cilindro poderá ser destruído com dinamite ou armas pesadas antes de esfriar o suficiente para que os marcianos apareçam. Poderão também ser destroçados assim que derem as caras. Parece-me que perderam uma enorme vantagem na falha da primeira surpresa. Possivelmente, veem a situação da mesma forma.

Lessing apresentou excelentes argumentos supondo que os marcianos conseguiram chegar ao planeta Vênus. Sete meses atrás, Vênus e Marte entraram em alinhamento com o Sol, ou seja, Marte estava em oposição do ponto de vista de um observador em Vênus. Depois disso, uma marca peculiar e luminosa apareceu na parte escura do planeta interior, e quase de imediato se detectou em uma fotografia do disco marciano uma marca escura e fraca de caráter igualmente sinuoso. É preciso ver as ilustrações dessas aparições para apreciar por completo a semelhança impressionante.

De qualquer forma, esperando outra invasão ou não, nossas perspectivas para o futuro dos homens serão enormemente modificadas por esses eventos. Descobrimos agora que não mais devemos pensar que o planeta é um santuário para o ser humano. Não temos como antecipar o bom ou o mau invisível que pode chegar do espaço. Talvez, no projeto geral do universo, essa invasão de Marte possa ser benéfica para os seres humanos. Ela nos roubou a confiança serena no futuro, que é a fonte mais frutífera de decadência, os bens que trouxe à ciência humana são gigantescos, e ainda em muito contribuiu para promover o conceito da união dos povos. Pode ser que, pela imensidão do espaço, os marcianos tenham assistido ao destino de seus pioneiros e aprendido a lição, talvez encontrando no planeta Vênus uma instalação mais segura. Seja como for, por muitos anos não haverá descanso em relação ao escrutínio ávido do disco marciano, e aqueles dardos incandescentes no céu, as estrelas cadentes, despertarão com eles, sempre que caírem, uma apreensão inevitável em todo tipo de criatura humana.

A ampliação resultante envolvendo as perspectivas humanas não pode ser exagerada. Antes da queda do cilindro, havia uma crença geral de que não existia vida no espaço além da superfície de nossa esfera. Agora sabemos mais. Se os marcianos podem chegar a Vênus, não temos por que desacreditar que o ser humano também conseguirá, e, quando o resfriamento do Sol tornar a Terra inabitável, como um dia acontecerá, talvez o fio da vida que começou aqui se estenda e chegue ao nosso planeta irmão.

Simplória e maravilhosa é a visão que imaginei da vida se espalhando aos poucos, a partir desta pequena semente do sistema solar, pela vastidão inanimada do espaço sideral. Mas é um sonho remoto. Por outro lado, a destruição dos marcianos pode ser apenas um alívio temporário. Talvez o futuro esteja prometido para eles, não para nós.

Preciso confessar que o estresse e o perigo do acontecimento deixaram uma sensação duradoura de dúvida e insegurança em minha mente. Sentado em meu escritório, escrevendo à luz da lamparina, vejo de repente o vale abaixo repleto de chamas dançantes e sinto a casa à minha volta vazia e desolada. Chego a Byfleet Road, veículos passam por mim, um açougueiro em uma charrete, uma carroça cheia de visitantes, um operário em uma bicicleta, crianças indo à escola, e de repente se tornam todos vagos e irreais, e estou de volta com o artilheiro na quietude quente e taciturna. Em uma noite, vejo a poeira escura pelas ruas silenciosas cobrindo os corpos contorcidos. Eles se levantam e caminham em minha direção, esfarrapados e dilacerados. Resmungam e ficam mais ferozes, mais pálidos, mais feios, distorções loucas de humanidade, e então acordo, ensopado de suor, na escuridão da noite.

Vou a Londres e vejo as multidões pela Fleet Street e pela Strand, e começo a pensar que não passam de fantasmas do passado assombrando as ruas que vi silenciosas e miseráveis, andando por todo lado, espectros em uma cidade morta, caçoando da vida em corpos falsos. E estranho também é estar na Primrose Hill, como estive um dia antes de escrever este último capítulo, e ver a grande província de casas, enevoadas e azuis pela neblina, desaparecendo por fim no horizonte, ver as pessoas andando pelos canteiros na colina, ver os turistas em torno da máquina marciana que ainda está lá, ouvir o tumulto de crianças brincando e me lembrar de quando testemunhei tudo isso com clareza, sem ninguém, na aurora daquele último dia...

E mais estranho ainda é segurar a mão de minha esposa mais uma vez e pensar que a contei, e ela me contou, entre os mortos.

IMPRESSÃO   IPSIS
TIPOGRAFIA   ADOBE CASLON PRO

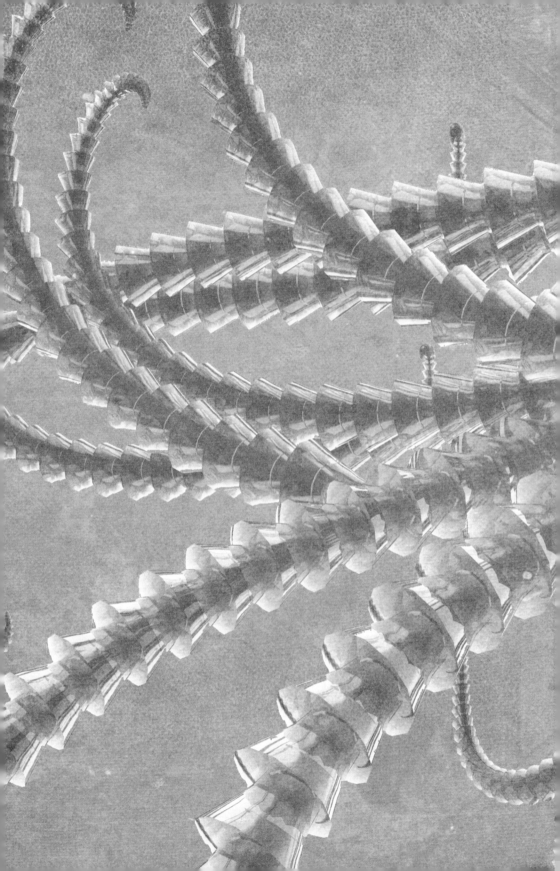